FREIHEIT

Der Weg hindurch ist der Weg zum Ziel

Barbara Binder

Autorin: Barbara Binder
Lektorat: Katharina Bergmann, BA
Typografie und Layout: Ing. Reinhard Bergmann
Coverdesign: Barbara Binder

Verlag:
rb-media, St. Margarethen an der Sierning, Austria

Herstellung:
BoD – Books on Demand, Norderstedt, Germany

rb-media.at

ISBN

Taschenbuch: 978-3-9519857-2-5

eBook: 978-3-9519857-3-2

Inhaltsverzeichnis

Machtlos

Eine kühle Herbstnacht. Zu kühl für meinen Geschmack. Und das Anfang Oktober. Ich fühle mich halb erfroren, als ich kurz vor Mitternacht nach einem äußerst anstrengenden Seminartag todmüde ins Bett falle.

„Zu den Wurzeln des Seins" – ein Seminar, auf das ich mich sehr gefreut hatte, ohne zu wissen, was mich dabei genau erwarten würde.

Ich hatte am Abend dieses zweiten Seminartages viel geweint, da mich der ganze Tag innerlich aufgewühlt hat. Schlussendlich auch noch dieser angeblich krönende Höhepunkt: ein Abschlussritual am Lagerfeuer. Der Anblick dieser ungemein großen Flammen, der brandige Geruch in der Luft und das Knistern des morschen Holzes lösten pures Entsetzen in mir aus.

Wie von Sinnen schrecke ich hoch.

„Oh mein Gott, was ist das denn?", schießt es mir durch den Kopf. Schweißgebadet und nach Luft ringend versuche ich krampfhaft, mich aufzusetzen. Doch es geht nicht. Es geht einfach nicht! Meine Beine und Arme zittern wie Espenlaub. Ich bin nicht mehr Herrscher meines Körpers. Hilfe! Ich habe meinen Körper nicht mehr im Griff!

„Eine Panikattacke? Ausgerechnet ich?", bohrt sich ein flüchtiger Gedanke seinen Weg durch mein noch halbwegs funktionierendes Gehirn. Hysterie macht sich breit. Ich, die andere und deren angebliche Panikattacken meist nur belächelt hatte, soll nun genau so etwas haben?

Ich will schreien. Meine pure Angst, die sich klammheimlich eingeschlichen hat, hinausschreien. Je schneller desto besser, damit der ganze Spuk schneller wieder vorüber geht. Glaubte ich zumindest.

Doch es geht nicht. Das gibt es doch gar nicht! Ich kann nicht schreien. Nicht einmal einen klitzekleinen Ton bringe ich heraus. „Ach Gott, was soll denn das alles?!" Ich bin zornig und wütend auf mich selbst. Zuerst kann ich mich nicht bewegen, jetzt noch nicht einmal mehr schreien. Bin ich wahnsinnig geworden? Ja? Vielleicht? Oder doch nicht? Nein, ich glaube nicht. Aber ich bin gefangen. Gefangen in meinem eigenen Körper.

Wie bei einem heftigen Fieberkrampf bebt alles in mir. Ich habe keine Kontrolle mehr über meinen Körper. Mir ist kalt und heiß gleichzeitig. Die Nackenhaare beginnen, sich aufzustellen und mein Herz pocht mir bis zum Hals. Ich kann kaum atmen, ringe verzweifelt nach Luft. Ein Kloß in meinem Hals dehnt sich aus. Nein, schlimmer noch! Eine imaginäre Schlinge legt sich um meinen Hals und wird immer enger. Irgendjemand zieht unbarmherzig, ganz langsam und doch stetig daran, um mir den letzten Atem zu rauben. Irgendwie entgleitet mir gerade alles, aber ich kann es nicht stoppen. Kannte ich diesen Zustand nicht schon von irgendwo?

Während sich meine Gedanken überschlagen und ich verzweifelt nach Luft ringe, versuche ich, nervös und aufgebracht, mich meinem Mann Michael gegenüber bemerkbar zu machen.

Irgendwann bekommt er diesen vermeintlichen Überlebenskampf mit. „Na endlich!", durchfährt es mich. „Er muss doch längst bemerken, dass es mir schlecht geht."

Anfangs noch recht verschlafen – was man angesichts dieser Uhrzeit auch niemandem verübeln kann – nimmt er meine zuckenden Bewegungen, mein verzweifeltes Röcheln und meine innere Unruhe wahr. Er zögert einen kurzen Moment, ehe er ein wenig unbeholfen nach dem Lichtschalter tastet. Er weiß zwar noch nicht, was sich tatsächlich abspielt, doch er bemerkt sehr wohl, dass es sich um eine äußerst ungewöhnliche Situation handelt.

Das Licht ist an. Prima! „Oh Gott!", entfährt es ihm ganz automatisch, „Was ist denn mit dir los?" Das wüsste ich auch gerne.

Michael dreht sich zu mir und blickt mich mit großen Augen an. In meinem Gesicht spiegelt sich das blanke Entsetzen wider. Todesangst? Ich fühle mich, als müsste ich sterben. Hundeelend. Allein. Verzweifelt. Ich bin kreidebleich, meine Hände sind kalt und feucht. Meine Füße spüre ich gar nicht mehr. Ich fröstle. Nein, schlimmer. Ich friere. Gleichzeitig stehen mir die Schweißperlen auf der Stirn. Ich fühle mich so unendlich hilflos und der Situation ausgeliefert. Wer oder was hat mich im Griff? Ich bin es zweifelsohne nicht. Ich habe mich und mein Leben gerade ganz und gar nicht mehr in meiner Hand. Musste ich es etwa abgeben? Aber an wen?

Mein Mann reagiert rasch. Er nimmt mich behutsam in seine Arme, wiegt mich wie ein Baby, das verzweifelt nach Hilfe und Aufmerksamkeit sucht. Er sagt nicht viel und hält mich nur. Das genügt fürs Erste. Es gelingt ihm, mich ein wenig zu besänftigen und aus meiner Hysterie herauszubringen. Dann spricht er ruhig und gibt dennoch klare Anweisungen, was ich tun soll. „Atmen. Tief aus- und einatmen."

Ich nehme seine Worte wahr, lasse sie zu. Mit seiner Hilfe gelingt es mir nach einigen Minuten, mich ein wenig zu beruhigen. Mein oberflächliches Atmen, mein Hyperventilieren verlagert sich zunehmend in tiefere Atemzüge. Michael hält mich weiterhin fürsorglich im Arm. Das Zittern lässt ein wenig nach, mein Herzschlag beruhigt sich ebenfalls.

Nach ein paar Minuten werfe ich ihm einige krächzende Wortfetzen entgegen, mit denen er vorerst nichts anzufangen weiß. Ein Wirrwarr an Gedanken, Emotionen, verbalen und nonverbalen Ausdrucksweisen lässt ihn erahnen, dass ich in keiner Weise bei mir bin.

„Lass mich in Ruhe. Ich muss gehen. Für immer. Lass mich einfach sterben!", schleudere ich ihm entgegen.

„Gehen? Wohin?", fragt er.

„Da ist eine Schwelle und ein tiefes schwarzes Loch."

„Ja, und? Was willst du dort?", hakt er nach.

„Da gehe ich jetzt hin!"

„Warum? Warum willst du dort hin?"

„Der da drüben, der an der Schwelle steht, sagt, ich brauche nur noch einen einzigen Schritt machen, dann bin ich drüben!"

„Wo drüben?"

„Na dort drüben, siehst du das denn nicht?"

„Nein! Ich sehe gar nichts. Ich sehe keine Schwelle!", gibt mir mein Mann zu verstehen.

„Ich mache jetzt, was der da sagt. Der da, das dunkle Wesen. Es will mich holen! Es sagt, wenn ich komme, dann ist es endlich vorbei!"

„Und was soll aus mir und den Kindern werden?", möchte mein Mann wissen.

„Ich steige da jetzt hinein, dann bin ich endlich weg!“

„Weg…?“, stößt es aus ihm heraus.

„Alle wollen, dass ich sterbe. Ich will das jetzt auch. Dann muss ich endlich nicht mehr leiden.“

„Wie sieht dieses Wesen denn aus?“, möchte er wissen.

„Dunkel!“

„Und wer sagt dir, dass es dir dort besser geht?“

„Ich hebe jetzt mein linkes Bein.“

„Und wie soll ich das den Jungs erklären?“

„Das Monster streckt schon seinen dünnen Arm nach mir aus. Es will mich hinüberziehen. Es wiederholt ständig, dass ich nur noch einen Schritt tun muss. Lass mich endlich sterben! Bitte, lass mich endlich sterben! Ich kann nicht anders!“

„Aber wir lieben dich doch!“, versucht mein Mann mich zur Vernunft zu bringen.

„Wenn ich nicht komme, dann ist es böse auf mich, sagt es.“

Mein Mann versucht immer wieder, mich ins Gespräch zu verwickeln, um mich von meinen fixierten Gedanken abzulenken. Gedanken, die nicht zu mir passten. Worte, die zwar aus meinem Mund kamen, aber eindeutig nicht von mir stammen konnten. Zumindest äußerlich bleibt er ganz cool. Ich selbst bin gänzlich auf dieses Wesen fixiert. Dieses schauderhafte, schwarze, angsteinflößende Monster, das mich Realität und Illusion nicht mehr voneinander unterscheiden lässt.

Immer wieder flehe ich, mich doch endlich gehen zu lassen. Aber Michael gibt nicht auf, kommuniziert ständig mit mir und ist hartnäckig. „Ich gebe dich nicht her!“

Mein Körper zittert immer noch ein wenig. Meine Gedanken sind weit weg. Ich bin innerlich ganz woanders. In einer Sphäre, die scheinbar für niemanden sonst zugänglich ist. Ich fühle mich gefangen. Gefangen in meinem eigenen Körper, aber auch in meinen Gedanken. Ich fühle mich vollkommen machtlos und überwältigt.

„Es holt mich. Jetzt! Ich habe Angst!", stößt es schließlich aus mir heraus. „Ich habe solche Angst! Bitte hilf mir!" Pure Verzweiflung durchflutet mich. Was soll ich nur tun? Einerseits will ich gehen, andererseits aber nicht. Wer um alles in der Welt hat mich derartig in die Mangel genommen?

Schweißperlen stehen mir immer noch auf der Stirn, mein Shirt ist klitschnass und mein Körper schlottert nach wie vor. Ich bin vollkommen konfus, kopflos und abwesend. Mein Mann hält mich weiterhin behutsam in seinen Armen.

Irgendwann geht mir die Kraft aus und ich lasse mich innerlich fallen. Tränen der Verzweiflung und der Erleichterung bahnen sich ihren Weg über meine Wangen. Habe ich wieder einmal versagt? Verloren? Mich überwältigen lassen? Ich dachte immer, ich wäre eine Kämpferin... und nun das? Ich fühle mich plötzlich so leer, so schwach, so müde. Die Zeit scheint still zu stehen. Aus, Schluss! Ich kann nicht mehr.

Es tut so unsagbar weh. Dieser Schmerz, der sich durch mein Herz bohrt, als ob mir jemand einen Dolch hineinrammen würde. Die Angst sitzt mir im Nacken. Ich höre ein hämisches Lachen in meinem Hinterkopf. Die Monster! Sind sie etwa noch hier? Ja! Aber leiser. Leiser als zuvor.

Es ist vorbei. Endlich! Ich bekomme langsam wieder das Gefühl, ich selbst zu sein. Ich beginne zu weinen. Ich kann nicht anders. Alles muss irgendwie heraus. Der Kampf zwischen Gut und Böse ist fürs Erste geschafft. So rasch wie alles gekommen ist, ist es auch wieder vorbei. Ich muss mich erst einmal sammeln. Mein Körper ist mittlerweile ganz ruhig. Ich brauche frische Luft.

Mein Mann und ich gehen hinaus in die Kälte, gleich im Pyjama mit einer dicken Jacke darüber. Es ist ungefähr vier Uhr morgens. Die herabgefallenen Blätter rascheln unter meinen Füßen. Der Sauerstoff tut mir gut, plötzlich bin ich hellwach und meine Gedanken klar. Wir drehen eine größere Runde, gehen wortlos Hand in Hand. Mir wird langsam bewusst, dass mein Mann und ich gemeinsam einen emotionalen Kraftakt höchster Klasse überstanden haben. Mir wird klar, woran mich das alles erinnert. Wie Schuppen fällt es mir von den Augen. Das hatte ich doch alles schon einmal! Viele, viele Jahre ist das her. Längst verdrängt, vergessen und abgelegt in einer alten Schublade meines Gehirns. Da war doch was! Todesangst... oh ja! Damals, in dieser schrecklichen Nacht. Erinnerungen kommen wieder hoch und holen mich ein. Doch diesmal weiß ich, dass ich nicht allein bin. Nicht so wie damals, als es um mein nacktes Überleben ging. Heute fühle ich mich getragen, beschützt, geliebt.

Etwas durchfroren kehren wir in unser Quartier zurück. „Du hast meinen vollen Respekt. Nach diesen Stunden kann ich mir ungefähr vorstellen, was es heißt, Todesängste durchzustehen.", höre ich meinen Mann noch leise sagen, ehe ich vollkommen erschöpft in den Kissen versinke.

In meinem Traum sehe ich eine weiße Feder im Schnee. Ich sehe sie sogar noch vor mir, als ich wieder aufwache. Ich deute dies als Zeichen, endlich Frieden zu schließen. Mit mir, meiner Vergangenheit, meiner Familie. Ich begebe mich auf die längste und intensivste Reise meines Lebens. Eine Reise zu mir selbst.

Schattenseite

„Du hast deine Kindheit vergessen,
aus den Tiefen deiner Seele wirbt sie um dich. Sie wird dich so
lange leiden machen, bis du sie erhörst.“
Hermann Hesse

Ich bin eine Kämpferin. Mein ganzes Leben schon. Nein, ich habe mir das wahrlich nicht bewusst ausgesucht. Es ist einfach so, seit meiner Kindheit. Was blieb mir denn auch anderes übrig?
Schon in sehr jungen Jahren wurde ich mit Einsamkeit, Lieblosigkeit, verbaler und nonverbaler Gewalt konfrontiert. Es gab kein Entkommen oder Alternativen.

Und nun das! Diese heftige Nacht, die ich mir weder gewünscht noch ausgesucht hatte. Dennoch war sie da. Und wie sie da war! Mit enormer Wucht ist sie über mich hereingebrochen und hat mich in Beschlag genommen. Körperlich, geistig und vor allem seelisch. Erneut gab es kein Entkommen und ich musste mich dieser Machtlosigkeit stellen. Ob ich das nun wollte oder nicht. Doch diesmal hatte ich eine Alternative. Nämlich jene der Konfrontation. Eine Konfrontation mit mir selbst. Ich hatte die Chance erhalten, mich nicht wieder davonzustehlen und vor der Wahrheit zu verstecken, sondern mutig und stark zu sein, um mich endlich auf die Suche nach der Tiefe meines wahren Seins zu begeben. Ich hatte jahrzehntelang nicht auf meine inneren Zeichen geachtet. Ich hatte mich vielmehr mit den alten Erziehungs- und Glaubensmustern arrangiert, ohne zu bemerken, wie enorm abhängig ich davon geworden war.

Prägungen und Muster, die einem praktisch schon in die Wiege gelegt werden und einen bevormunden. Es verlangt einem viel ab, derartige Erziehungsstile zu verändern oder sie gar abzulegen.

Ich wollte stets nur gefallen, mich anpassen, kein Aufsehen erregen und immer „brav" im Hintergrund bleiben, um möglichst nicht aufzufallen, geschweige denn enttarnt zu werden. Über viele Jahre hinweg ist dieses Vorhaben durchaus gut gelungen, doch nun habe ich die Weichen gestellt. Es lag in meiner Hand, weiterhin versteckt und artig durchs Leben zu gehen, ohne allzu oft nach links und rechts oder gar nach hinten zu schauen, oder doch den Aufbruch in eine neue Wirklichkeit zu meistern.

Ich habe mich für Letzteres entschieden und bin damit einem inneren Impuls gefolgt. Mit einer gewissen Entschlossenheit, beinahe infantiler Neugierde, aber auch mit selbst auferlegtem Erwartungsdruck bin ich schließlich aufgebrochen. Ich wollte diese Reise im Grunde so schnell wie möglich hinter mich bringen, um ein für alle Mal den Misthaufen meiner Biografie abzuarbeiten.

Doch ganz so einfach sollte sich dieser Trip nicht gestalten, denn dafür waren meine traumatischen Erlebnisse zu stark und meine Erwartungen zu hoch. Viele größere und kleinere Hindernisse, Abzweigungen, Umwege und auch Rückschläge lenkten meine tollkühne Heldenreise in mein mystisches Inneres. Auch weil die Geduld nicht gerade zu meinen Stärken zählt. Denn wenn ich mich für eine Sache oder ein Projekt entschlossen hatte, dann musste alles prompt in der Form ablaufen, in der ich mir alles vorgestellt hatte. Eine wenig hilfreiche Kombination aus Ego, rationalem Denken und Alltagsrealität.

Dennoch habe ich die Hürden gut gemeistert und mich erfolgreich auf das größte Abenteuer meines Lebens eingelassen – auf dem ich mich nach wie vor befinde, denn im Grunde hört es niemals auf. Auch nach vielen Jahren der inneren Aufarbeitung gibt es ständig neue Erkenntnisse, die beachtet werden wollen.

Ich glaube in keiner Weise, nun „perfekt" zu sein. Auf dieser Seelenreise habe ich nicht nur meine vielen Verletzungen wahrgenommen. Sie standen zwar am Beginn meiner Auseinandersetzung mit mir selbst im Vordergrund, im Zuge der vielen neuen Erkenntnisse durfte ich aber auch meine wahre Größe kennenlernen, Talente und Fähigkeiten entdecken, von denen ich zuvor nicht einmal geahnt hatte, dass sie in mir schlummerten. Doch gerade die Krisen und Hürden des Lebens forderten mich heraus. Sie konfrontierten mich direkt.

Heute bin ich sehr dankbar für das, was ich sehen, verstehen, lernen und auch loslassen konnte. Hätte ich aus Angst diesen Weg nicht angetreten, wäre ich heute nicht die Frau, die ich tatsächlich bin. Jene Frau, die im Grunde immer in mir steckte, ohne dass ich sie erkannte. Ich bin in Bereiche meiner Seele vorgedrungen, in denen ich niemals zuvor gewesen war. Ich habe gelernt, mich meinen Ängsten zu stellen und dadurch ein unbekanntes Terrain entdeckt, das mich eine immense innere Kraft und vor allem meine ganz persönliche Freiheit entdecken lässt.

Ich habe meinen Weg zum inneren Ich gefunden, welcher mich täglich ein Stück weiter in die Unendlichkeit, in die Tiefe meiner Seele führt. Ich habe durch Akzeptanz, sowie Integration all meiner traumatischen Erlebnisse gelernt, stolz auf mich zu sein. Stolz auf das, was ich erkannt, geleistet und geschafft habe.

Erst dadurch ist mir wieder richtig bewusst geworden, wie wichtig es ist, seiner Intuition zu vertrauen. Damals, als Kind, habe ich auch darauf vertraut. Ganz automatisch tat ich das Richtige zum richtigen Zeitpunkt. Aus einem vollkommen kindlichen Instinkt heraus. Diese innere Stimme ist die Sprache des Herzens. Ihr zu lauschen und sich ihr wie selbstverständlich hinzugeben ist wahre innere Freiheit.

Diese innere Vorahnung, die man auch als Bauchgefühl bezeichnet, ist das eigentliche Gehirn des Körpers und kann weder getäuscht noch geleugnet werden. Wer bereit ist, auf sein Bauchgefühl zu hören, ist auch bereit für den Weg durch seelische Qualen, Selbstzweifel und tiefste Ängste. Ein Weg in ein neues Ich. Denn der Weg hindurch ist der Weg zum Ziel!

Hallo, da bin ich!

Ich durfte an einem Donnerstag Anfang März das Licht der Welt erblicken. Es war dies die zehnte Kalenderwoche in diesem Schaltjahr. Wenn man davon ausgeht, dass eine normale Schwangerschaft 40 Wochen dauert, so wurde ich in einer lauen Sommernacht oder vielleicht auch an einem heißen Sommertag gezeugt – wenn auch nicht wirklich geplant.

Die Schwangerschaft wurde nicht gerade zur Freude meiner Mutter und schon gar nicht jener der Großeltern mütterlicherseits festgestellt. Mein Vater erfuhr davon erst später. Er wurde mit seinen 19 Jahren – damals gerade beim Bundesheer eingerückt – eines Tages völlig überraschend seinem Kommandanten vorgeführt. Dieser streckte ihm die Hand entgegen, gratulierte ihm und klärte ihn darüber auf, dass er mit sofortiger Wirkung beurlaubt wäre. Auf die Nachfrage, warum dem so wäre, entgegnete ihm sein Vorgesetzter kurz und bündig: „Na ja, Sie heiraten doch!"

„Wie bitte?", fragte mein Vater vorsichtig nach, denn er wusste selbst noch nicht einmal von dieser Entscheidung. Er durfte jedenfalls sogleich abtreten und befand sich mit sofortiger Wirkung im „Heiratsurlaub".

Mein Vater ahnte sofort, dass dies von meinem Großvater – seinem künftigen Schwiegervater – ausgegangen war. Klug wie er war, wusste er ganz genau, dass es ein Ding der Unmöglichkeit war, sich dieser Entscheidung auch nur ansatzweise zu widersetzen. Als er dann auch noch erfuhr, dass er Vater werden würde, war er zunächst komplett überrascht und sprachlos. Er nahm die Tatsache aber rasch zu Kenntnis und versuchte, relativ gelassen zu bleiben. Im Grunde blieb ihm auch gar nichts anderes übrig, denn zu diesem Zeitpunkt gab es für ihn in wichtigen Angelegenheiten nicht viel mitzureden. Andere hatten bereits über ihn und seine Zukunft entschieden. Jung und wohl auch etwas verunsichert, beugte er sich dem Schicksal und der Entschlusskraft seiner künftigen Schwiegereltern.

Auch meine Mutter wurde von ihren brüskierten Eltern überrollt und in eine Schiene gepresst, die ihr einen Weg vorgab, den sie sich weder gewünscht noch ausgesucht hatte. Die Dominanz ihres Vaters, aber auch der Schein, der nach außen hin gewahrt werden musste, hatten die Entscheidung gelenkt und so wurde im Blitzverfahren geheiratet.

Für einen Schwangerschaftsabbruch, der sowohl von meiner Mutter als auch ihren Eltern – obwohl streng katholisch und äußerst konservativ – erwünscht gewesen wäre, war es mittlerweile zu spät. Ein Kind zu bekommen bedeutete für alle Beteiligten eine bevorstehende Katastrophe.

Meine Seele hatte bereits beschlossen, sich hier auf der Erde ein Plätzchen zu sichern. Dass diese Seelenreise kein Zuckerschlecken werden würde, war meiner Seele wahrscheinlich bewusst, doch sie hatte sich willentlich für diesen Prozess entschieden.

Um 06:45 schlüpfte dieses Seelchen als zartes Mädchen durch den Geburtskanal einer erst 19-jährigen, etwas labilen Persönlichkeit – meiner Mutter. Ein Seelentrip der besonderen Art hatte für uns beide begonnen. Eine überaus glückliche, fürsorgliche, stolze und liebevolle Mami war sie – wie bereits erwartet – natürlich nicht. Mehr schlecht als recht setzte sie sich gezwungenermaßen mit ihrem neuen „Anhängsel" auseinander. Es war das Ende ihrer Freiheit.

Mein Vater blieb vorerst relativ besonnen und neutral und übernahm einen Großteil der damals noch typisch weiblichen Agenden wie Windeln wechseln, füttern und was sonst noch so anfiel. Irgendwie bekamen meine Eltern diese neue Lebenssituation aber in den Griff. Na ja, immerhin waren sie beide zuvor auch am ausschlaggebenden Vergnügen beteiligt.

Nach Beendigung des Wehrdienstes war mein Vater angeblich aus beruflichen Gründen während der Woche häufig unterwegs. Das bedeutete, dass er sich langsam, aber sicher dieser für ihn unangenehmen Situation zu Hause immer mehr entziehen und die tägliche Verantwortung abgeben konnte. Demnach musste meine Mutter den Tagesablauf mit mir irgendwann allein hinbekommen. Für sie war das ein Desaster, da sie noch nicht einmal ihr eigenes Leben auf die Reihe bekam. Wie sollte sie da zusätzlich für ein Kind, das weder geplant noch erwünscht war, sorgen können? Fallweise bekam sie ein wenig Unterstützung seitens meiner frisch gebackenen Großeltern, die selbst gerade einmal 40 Jahre alt waren. Diese hätten mich auch ablehnen können, was sie glücklicherweise aber doch nicht taten.

Erzählungen zufolge war ich immer ein anspruchsloses, braves Kind, stets bemüht, nicht allzu auffällig oder gar belastend zu sein. Dieses Verhalten wurde mir quasi in die Wiege gelegt. Ein Verhaltensmuster, das mich die nächsten Jahrzehnte prägen und letztlich sehr belasten sollte.

Manche Kinder, die nicht beachtet, angenommen und geliebt werden, werden zwangsweise dazu bewogen, weniger Ansprüche an andere zu stellen, um sich leichter durchs Leben zu schummeln. Es gibt aber auch eine zweite Kategorie dieser Kinder, die sich Beachtung durch Auffälligkeit erhofft. Ich gehörte definitiv der ersten Gruppe an, denn Auffälligkeiten hätten zu einem noch größeren Fiasko geführt, als dies ohnehin schon der Fall war.

Dass durch derartige Lebensumstände mit mangelnder Fürsorge große seelische Wunden geschürt werden, ist längst bekannt. Diese Wunden können in der Folge schwerwiegende Traumen hervorrufen. Psychische Leiden, die sich oftmals erst viele Jahre später in Form von physischen Beschwerden bemerkbar machen oder als psychosoziale Probleme zum Vorschein kommen.

Die ersten Jahre meiner Kindheit verliefen äußerst chaotisch. Es gab keinen geregelten Tagesablauf, keine Regeln, keine Rituale, keine Highlights oder Besonderheiten in meinem Leben. Auch keine Liebe. Ich war mir stets selbst überlassen. Abgesehen vom Notwendigsten, kümmerte sich niemand so wirklich um mich. Dieses Gefühl, nicht erwünscht und einfach nur „da" zu sein, bekam ich schon damals mit und es sollte mich noch viele Jahrzehnte prägen und belasten.

Jeder kennt mit Sicherheit dieses Gefühl, wenn man sich in einer Gruppe von Menschen oder in einer gewissen Situation unerwünscht fühlt. Wenn im Innersten der Eindruck entsteht, beinahe als lästig, aufdringlich oder störend wahrgenommen zu werden und man am liebsten umgehend flüchten möchte. Wenn es dann aber keine Möglichkeit gibt, dieser Situation zu entfliehen, macht sich eine ständige Befangenheit breit.

Eine unsagbare Angst haftete damals wie ein unsichtbarer Schatten an mir und kam manchmal mehr oder weniger zum Vorschein. Es fühlte sich so an, als wäre eine gewisse Versagensangst in all den über 80 Billionen Zellen meiner DNA gespeichert und auf Knopfdruck abrufbar.

Obwohl ich damals noch so jung und unschuldig war, bekam ich diese Bitterkeit, diese unsagbar schwer anhaftenden Energien, Schwingungen und Emotionen aus meinem unmittelbaren Umfeld in Form von Gleichgültigkeit, aber auch durch körperliche Gewalt zu spüren. Ich war somit gezwungen, unauffällig, ja beinahe unsichtbar, zu sein und lernte früh, kaum etwas zu fordern. Im Gegenteil, ich empfand schon für die kleinste Kleinigkeit auch noch so unscheinbaren Ursprungs Dankbarkeit und Freude. Bereits zu dieser Zeit hatte ich mein sonniges Gemüt im Rucksack meiner Ressourcen – ein treuer Begleiter, auf den ich jederzeit zurückgreifen konnte. Das ist zum Glück noch heute so.

Mein Repertoire an Spielsachen war äußerst bescheiden, oft begnügte ich mich mit ein paar leeren Plastikflaschen, Babypuderdosen oder anderen Gebrauchsgegenständen. Diese konnte man wunderbar zu einem Turm stapeln und ihn dann mit einem Ball umwerfen. Man muss ehrlicherweise aber auch zugeben, dass die Kinder der 60er und 70er Jahre wesentlich bescheidener erzogen wurden, als dies heute der Fall ist. Es wurde einem nicht sofort jeder Wunsch erfüllt und man erhielt oftmals nicht die Aufmerksamkeit, die Kinder heutzutage bekommen. Es ist heute generell einfach eine komplett andere Zeit, in der wir leben und in der unsere Kinder aufwachsen. Die Zeit damals war nicht unbedingt besser oder schlechter, sie war schlicht und einfach anders. Als Kind lief man irgendwie nebenher, hatte zwar seine Daseinsberechtigung, aber das Wohl, die Wünsche und die Ausgeglichenheit der Kinder standen nicht im Vordergrund. Man musste lernen, sich anzupassen und sich mit sich selbst oder anderen Kindern zu beschäftigen. Die Kinderzimmer – sofern man in der glücklichen Lage war, ein eigenes zu besitzen – waren mit nur einigen wenigen Spielutensilien bestückt. Der Kreativität waren keine Grenzen gesetzt und selbst aus den einfachsten Dingen ließ sich allerhand Brauchbares basteln.

Mir war im Grunde niemals langweilig. Wie die meisten Kinder liebte ich es, im Freien zu sein, das Herbstlaub unter meinen Füßen rascheln zu hören oder das „Gatschen" in der Sandkiste. Je dreckiger, desto besser lautete mein Motto.
Abgesehen von den desolaten Zuständen zu Hause war das Leben relativ unkompliziert und schlicht. Meine Eltern hatten kaum Zeit für mich. Meine Mutter war vorwiegend mit sich selbst beschäftigt. Mein Papa ging wenigstens ab und zu – wenn er einmal zu Hause und in guter Stimmung war – mit mir auf den nahegelegenen Spielplatz. Wenn es besonders gut herging, gingen wir im Winter sogar hin und wieder zum Eislaufen. Das war immer sehr lustig. Vor allem dann, wenn er mich an der Hand nahm und eilenden Tempos hinter sich nachzog. Im Innersten war ich wohl schon immer ein wenig wild und

ungestüm. Es konnte mir gar nicht schnell genug gehen, wenn wir über das Eis flitzten. Selbst wenn mein Vater schon außer Atem war, schrie ich immer noch aus voller Kehle: „Schneller, schneller!". Dieser gewisse „Kick" der Geschwindigkeit gefällt mir auch heute noch. Doch leider waren derartige Freizeitbeschäftigungen relativ rar.

Die Beziehung zwischen meinen Eltern war äußerst angespannt. Da waren einerseits das Alkoholproblem meiner Mutter, andererseits auch größere finanzielle Schwierigkeiten, wobei das Zweitere eine Folgeerscheinung des Ersteren darstellte. Es herrschte nur äußerst selten eine ruhige und beinahe freundliche Stimmung. An Unternehmungen mit meiner Mutter – sei es auch nur zum Spielplatz – kann ich mich überhaupt nicht erinnern. Manchmal war ich mir nicht einmal sicher, inwieweit sie sich meiner Anwesenheit bewusst war. Ich stellte mir manchmal die Frage, ob es ihr wohl auffallen würde, wenn ich einfach außer Haus ginge. Wann würde sie meine Abwesenheit bemerken? Manchmal dachte ich mir sogar, dass sie vielleicht gar kein Problem damit hätte, wenn ich einfach weg wäre. Sie nahm ja nicht einmal Notiz davon, wenn ich nachmittags manchmal zu unserer lieben Nachbarin, einer bezaubernden alten Dame, ging.

Sie konnte sich mit der Tatsache, Mutter zu sein, nicht anfreunden. Und das, obwohl ich absolut unkompliziert war und das Leben so akzeptierte wie es war. Ich hatte nie Probleme damit, mir vorwiegend selbst überlassen zu sein. Ich lernte, mit dieser Zurückgezogenheit umzugehen und habe bis heute kein

Problem damit, allein zu sein. Ich bin es fallweise sogar gerne, denn es ist ein Zustand, den ich gut kenne.

24

Kindergartenzeit – und schon so selbständig!

Zwischen meinem dritten und vierten Lebensjahr kam ich in den Kindergarten. Eine herrliche Zeit hatte begonnen. Zumindest montags bis freitags zwischen 8 Uhr morgens und den späteren Nachmittagsstunden. Es war ein Kindergarten, der von geistlichen Schwestern geführt wurde. Ich war gerne dort, denn die Schwestern waren stets freundlich und um unser Wohlergehen bemüht. Es wurde viel gesungen, gespielt, gemalt und gelacht.

Schon am Sonntagabend konnte ich den nächsten Morgen kaum erwarten. Jene Zeit der Woche, in der ich Kind sein und meine Unbedarftheit ausleben durfte. Meine Traurigkeit wich der Fröhlichkeit, das unbeschwerte Zusammensein mit anderen Kindern gab mir Halt und Kraft für die vielen Stunden, in denen alles andere als Leichtigkeit an der Tagesordnung stand.

Den Freitag mochte ich nicht mehr so gerne, da sich meine Stimmung allmählich wieder umzustellen begann. Aus und vorbei war es dann mit Verspieltheit und Sorglosigkeit, eine gewisse Wehmut schlich sich ein, gegen die ich machtlos war. Wobei die Aussicht darauf, das Wochenende bei den Großeltern zu verbringen, noch eine bessere Variante darstellte.

An den Abenden oder Wochenenden, an denen ich nicht bei meinen Großeltern zu Besuch war, fühlte ich mich der Erwachsenenwelt vollkommen ausgeliefert. Außerdem wusste ich nie genau, wie ich dran war. Die Stimmungslage meiner Mutter war unberechenbar – von himmelhoch jauchzend bis zu Tode betrübt. Je nachdem ob, wann und wie viel sie getrunken hatte. Hinzu kam noch die Frage, ob wir zu Hause blieben, mein Vater daheim war oder meine Mama mich in diverse Lokalitäten mitschleppte. Letzteres war für mich einfach nur grauenhaft und beängstigend.

Fallweise ging meine Mutter kurzfristig irgendeiner Arbeit nach. Wenn dem so war, verlief der Tag etwas besser. Da kam es sogar manchmal vor, dass sie mir im Geschäft gegenüber eine Wurstsemmel kaufte. Sie brachte mich dann auch in den Kindergarten. Doch leider wurden diese Phasen immer seltener. Genauso schnell wie sie eine Stelle angenommen hatte, war diese auch schon wieder weg. Der Alkohol und andere kleinere Delikte führten umgehend zurück in die Arbeitslosigkeit.

In jenen Zeiten, in denen sie keiner geregelten Arbeit nachging – und das wurde in weiterer Folge immer öfter der Fall – gab es für mich auch keine Kindergartenjause. Ihre Begleitung in den Kindergarten wurde seltener und schließlich von anderen übernommen. Solche Tage habe ich in ganz schlimmer Erinnerung. Da war schon das morgendliche Aufstehen ein Spektakel.

Es gab viele Tage, an denen es meine Mutter nicht einmal schaffte, aufzustehen. Sie lag im Bett oder auf dem Sofa und war kaum ansprechbar. Der Alkohol war nicht nur ihr Retter in der Not, nein, er war ihr Alltagsbegleiter.
Mein Vater war unter der Woche fast nie zu Hause. Zumindest kann ich mich an seine Anwesenheit kaum erinnern. Wenn ich

es mir heute im Nachhinein so überlege, wusste ich nicht einmal genau, wie er damals aussah.

Stattdessen hatten wir des Öfteren fremden Herrenbesuch. Es gingen Männer bei uns ein und aus, die ich niemals zuvor gesehen hatte, die jedoch schon damals Ängste und massives Unwohlsein in mir auslösten. Sie liefen meist wortlos an mir vorbei und würdigten mich keines Blickes. Diese Herren gingen mit meiner Mama oft rüpelhaft und derb um. Ich hingegen musste mich immer in irgendeine Ecke zurückziehen, ruhig und unauffällig sein, keinesfalls etwas fragen oder gar stören. Hatte ich mich doch einmal nicht wunschgemäß verhalten, so bekam ich dies meist postwendend zu spüren.

Morgens war ich meistens längst wach, während meine Mutter noch schlief. Ich versuchte, mich selbständig anzuziehen und für den Kindergarten fertig zu machen. Ob meine Kleidung stets passend war, kann ich heute nicht mehr sagen, doch zumindest schien niemandem etwas aufzufallen. Und selbst wenn meine Kleidung unangemessen gewesen wäre, hätte dies an meiner Situation nichts geändert. Ich hatte sehr schnell gelernt, den Alltag in meinem damaligen Alter so gut es eben ging zu bewältigen.

Wie so oft versuchte ich, meine Mutter zu wecken, da ich unbedingt in den Kindergarten gehen wollte. „Mama!" Ich stehe im Wohnzimmer und ziehe vorsichtig den dicken Vorhang beiseite. Er ist irgendwie schmuddelig, gräulich gelb verfärbt und fühlt sich rau an. An den Seiten hängen noch andere, dickere Vorhänge. Sie sind dunkelbraun und ich finde sie scheußlich, weil man nicht durchschauen kann.

„Mama! Schau einmal, die Sonne scheint!" Ich steige auf den Sessel, der vor dem Fenster steht und ziehe den hellen Vorhang weg. „Pfui, der stinkt!" Mit beiden Händen versuche ich den Riegel des Fensters zu öffnen. Puh, geht das aber schwer! „Mama! Jetzt komm endlich! Nicht schon wieder dieses Theater!" Ich schiebe den Riegel mehrmals hin und her. Irgendwann muss er doch aufgehen! Endlich, geschafft! Das Fenster ist offen. Behutsam lehne ich mich ein wenig hinaus. Nur nicht zu weit. Denn das darf ich nicht. Das hat Papa mir verboten. „Damit du nicht hinausfällst.", hat er mir erklärt.

Die Sonne scheint und ich will endlich in den Kindergarten gehen. Ich kann es kaum erwarten. Warum kommt Mama denn nie, wenn ich sie rufe? „Mama, wo bist du? Schau mal, es ist so schön draußen. Die Sonne scheint. Wenn es hell ist, ist es bestimmt schon Zeit, endlich in den Kindergarten zu gehen!"

Ich hüpfe vom Stuhl, renne in die Küche nebenan und hole meine geliebte Kindergartentasche. Ich habe sie von meiner Oma bekommen. Sie ist wunderschön. Neugierig schaue ich mich in der Küche um, öffne alle Kästchen und Laden. Auch das neben dem Spülbecken. Ich suche etwas zu essen, denn ich bin hungrig. Aber alles ist leer, wie immer. Jetzt bin ich traurig und hungrig, keine gute Kombination. Ich überlege, ob ich schnell zu unserer Nachbarin laufen und sie fragen soll, ob sie vielleicht etwas zu Essen hat. Sie hat immer irgendetwas Leckeres für mich. Während ich darüber nachdenke, was ich machen soll, rufe ich wieder nach meiner Mama. „Mama, wo bist du?" Bitte komm doch!"

Aufgeregt, weil Mama immer noch nichts sagt, gehe ich zur Tür, die ins Schlafzimmer meiner Eltern führt. Die Türen sind hoch. So wie die Fenster auch. Eben eine typische Wiener Altbauwohnung. Doch wenn ich den Arm ausstrecke, kann ich die Tür öffnen.

Normalerweise darf ich nicht ins Schlafzimmer. Mama sagt immer: „Das ist tabu für dich, das ist unser Zimmer. Da hast du nichts verloren!" Das ist mir jetzt aber egal. Ich bin hungrig und will in den Kindergarten gehen. Ich öffne die Tür ganz vorsichtig und leise. Wird sie schimpfen oder schreien? Mir gar eine auf den Po geben? Egal, ich mache es trotzdem.

Die Tür ist nun einen kleinen Spalt geöffnet. Zögernd werfe ich einen Blick in den Raum. Es ist dunkel und ich kann kaum etwas erkennen. Auch hier gibt es dicke Vorhänge. Sie sind rot. Ich schleiche mich ins Zimmer und ziehe langsam einen Vorhang zur Seite, damit ich mehr sehen kann. „Mama, bitte wach auf." Während ich sie anspreche, laufe ich zum zweiten Fenster und werfe den roten, pappigen Vorhang schwungvoll zur Seite. „Schau, die Sonne scheint!" Ich drehe mich um und blicke zu ihr. Aber was ist das? „Ihhh!" Erschrocken bleibe ich wie angewurzelt stehen. Irgendetwas stimmt nicht, das spüre ich. Mama liegt auf dem Bauch, den Kopf zur Seite gedreht. „Mama", sage ich immer wieder, aber sie hört mich nicht. Ich trete näher an sie heran. Irgendwie schaut sie komisch aus. Vom Auge ausgehend und über die Wange ist sie ganz schwarz. Und seitlich neben ihrem Mund ist alles rot. Der Polster ist rot! „Mama! Was ist los mit dir?" Irgendwie habe ich jetzt Angst. Was, wenn sie tot ist? Ich komme noch näher, um sie genauer zu betrachten. Auf dem Polster ist aber noch etwas anderes.

Was ist denn das? Aus ihrem Mundwinkel läuft eine komische Flüssigkeit. Obwohl mich ekelt, greife ich mit dem Zeigefinger in diese rot-gelb verschmierte Sauce. Ist das Blut? Lippenstift? Mama trägt oft roten Lippenstift, wenn sie fortgeht. Aber sie war doch gar nicht fort?

Mir ist mulmig zumute. Was soll ich tun? Papa ist wie immer nicht da. Ich bin allein mit Mama. Glaube ich halt. Vorsichtig schaue ich mich um, ob nicht doch irgendwo einer dieser komischen Männer steht, die manchmal zu Besuch sind. Es ist zum Glück niemand da. Aber was jetzt? Während ich überlege, was ich tun soll, beginne ich, sie anzustupsen. Doch sie reagiert einfach nicht.

Ich beschließe, zu unserer Nachbarin zu laufen. Die ist fast immer zu Hause. Die hole ich jetzt, es ist ja sonst keiner da!

„Ok, einen Versuch noch.", denke ich mir. Diesmal ein wenig fester. Ich ziehe die Decke zur Seite. Mama ist nackt. Ich zwicke sie in den Arm. „Aua!", kreischt sie plötzlich. Sie lebt also. Ungeduldig zupfe ich an ihrer Decke herum. „Mama, steh bitte endlich auf!" Sie öffnet nicht einmal ihre Augen, fährt sich mit dem Arm, in den ich sie gezwickt habe, durch ihre zerrauften Haare und murmelt kaum hörbar: „Ach lass mich doch in Ruhe, ich will schlafen."

Jetzt reicht es mir aber! Zornig stampfe ich mit dem Fuß auf. „Du bist gemein, du kümmerst dich gar nicht um mich!", beginne ich herumzuschreien. Ich bin wirklich wütend. Zuerst mache ich mir Sorgen um sie, weil sie so komisch im Bett liegt und alles rot ist. Dann sagt sie einfach zu mir, ich soll sie in Ruhe lassen. Tränen des Zorns und der Enttäuschung laufen über meine Wangen.

Sie denkt immer nur an sich, nie an mich! Ich stürme aus dem Zimmer und laufe aus der Wohnung, die Treppen hinunter.
Und was nun? Was soll ich jetzt machen? Ich setze mich auf das Fensterbrett des Gangfensters, welches in den Innenhof zeigt. Hier sitze ich öfters und schaue einfach nur hinaus. Mit oder ohne Tränen in den Augen. Je nachdem, was davor passiert ist.

Hin und wieder, wenn sie es mitbekommt, öffnet Frau H., unsere freundliche Nachbarin, die Tür und ich darf zu ihr kommen. Sie ist wirklich sehr lieb. Ich bekomme dann immer etwas zu essen oder eine Nascherei. Vor allem aber nimmt sie sich Zeit für mich. Wenn meine Tränen wieder getrocknet sind, gehe ich zurück in unsere Wohnung, setze mich auf den Boden und spiele. Was soll ich sonst auch machen? Alternativen gibt es keine.

Derartige Situationen wiederholten sich immer wieder. Manchmal liefen sie jedoch ein wenig anders ab. Dann nämlich, wenn meine Mama mich um einen Gefallen bat. Da war sie plötzlich ganz sanft und lieb, mit einem flüchtigen Lächeln auf den Lippen. Sie sagte dann zu mir: „Lauf zum Greißler hinüber und hol mir eine Packung *Underberg*.“
Zum einen, weil ich meiner Mama gefallen und zum anderen, weil ich endlich in den Kindergarten gehen wollte, lief ich los, um den mir erteilten Auftrag pflichtbewusst auszuführen. Wir wohnten im Hochparterre eines alten Wiener Wohnhauses im 17. Bezirk. Ich lief die Stiegen hinunter, hinaus durch das hohe Eingangstor, überquerte die Straße und bog um die Ecke, wo sich auch schon die Greißlerei befand. Ein kleines Geschäft, in dem man alles für den täglichen Bedarf kaufen konnte. Die

Besitzer kannten mich gut, da ich oft bei ihnen einkaufte. Schon allein, weil meine Mutter laufend Nachschub brauchte, kam ich regelmäßig. Die Abstände des morgendlichen Kurzbesuches wurden immer kürzer. Ich bestellte was mir aufgetragen wurde und bekam dies auch prompt. Mit einem kurzen „Bitte anschreiben lassen!" war ich auch schon wieder weg.

Manchmal versuchte mich die Besitzerin in ein Gespräch zu verwickeln, um nähere Details zu erfahren, für wen ich denn diese Fläschchen so oft holen müsse oder ob es meinen Eltern nicht gut ginge. Auch andere Leute, meist Frauen, die schon länger in der Reihe standen, blickten mich neugierig an, schüttelten ermahnender Weise den Kopf oder hofften ebenfalls darauf, Neuigkeiten zu erfahren. Meistens sagte ich jedoch gar nichts, nur manchmal antwortete ich kurz: „Meiner Mama ist heute nicht gut." Nachdem ich die bestellte Ware in der Hand hatte – ein kleiner Karton mit drei Alkoholfläschchen – drehte ich mich postwendend mit einem kurzen „Danke" um und schon war ich wieder verschwunden.

Damals wurde überhaupt nicht näher hinterfragt oder sogar abgelehnt, einem Kind ohne Weiteres Alkohol auszuhändigen. Schließlich war ich erst zwischen vier und sechs Jahre alt.

Natürlich hätte ich mir lieber eine Wurstsemmel, ein Kipferl oder sonst irgendeine Leckerei gekauft. Schließlich war ich permanent hungrig, da meine Mutter keine Mahlzeiten zubereitete. Doch aus „schlagkräftiger" Erfahrung wusste ich, dass es nicht zu meinen Gunsten ausfallen würde, wenn ich nicht brachte, was gefordert wurde oder zusätzliches Geld ausgeben würde. Also hielt ich mich lieber an die Anweisungen, auch wenn mein Hunger noch so groß war.

Rasch war ich wieder zu Hause und überbrachte meiner Mutter gehorsam den gewünschten Alkohol. Sie blickte mich an, setzte sich auf, öffnete kurz hintereinander die Schraubverschlüsse der drei Fläschchen und kippte eines nach dem anderen in Windeseile hinunter. Mit einem „Danke, meine Kleine!" war das Spektakel auch schon wieder vorbei. Sie legte sich wieder hin und schlief weiter.

Obwohl ich innerlich wusste, dass es nicht gut war, dass sie immer so viel Alkohol trank, war ich doch auch mächtig stolz auf mich selbst. Immerhin hatte ich schon so früh am Morgen eine gute Tat vollbracht. Ich war der Meinung, brav und folgsam gewesen zu sein – hatte ich doch prompt ausgeführt, was meine Mutter von mir verlangt hatte. Ich dachte damals, wenn ich ihre Wünsche erfülle, würde sie mich besonders lieb haben.

Die Uhr konnte ich damals noch nicht lesen. Ich wusste demnach nicht genau, wie spät es tatsächlich war, aber ich dachte mir, wenn der Greißler schon offen hat, dann musste es auch schon Zeit für den Kindergarten sein.

Ab und zu brachte mich eine Bekannte meiner Mutter in den Kindergarten. Manchmal wiederum, wenn niemand zur Verfügung stand, der mich hinbringen konnte, musste ich zu Hause bleiben. Ich überlegte mir dann, wie ich von selbst in den Kindergarten kommen könnte. Den Weg dorthin kannte ich ja.

Irgendwann zwischen meinem fünften und sechsten Lebensjahr, als die Situation zu Hause schon ziemlich eskalierte, eröffnete sich für mich eine neue Variante.

Ich hatte mein mittlerweile tägliches, morgendliches Ritual, den Alkohol zu besorgen, längst erfüllt und wollte als Gegenleistung, dass meine Mutter mich in den Kindergarten brachte. „Heute nicht!", antwortete sie. „Warum nicht?", hakte ich verbissen nach. „Ich bin so müde!", konterte sie.

Ich war, wie so oft, enttäuscht. Doch so leicht wollte ich es ihr nicht machen. Fest entschlossen, mich dieses Mal nicht abwimmeln zu lassen, forderte ich mein Recht ein. Ich wollte einfach nicht mehr zulassen, dass mir die schönsten Stunden des Tages genommen wurden. Ich stichelte immer wieder nach und wurde richtig trotzig. Ich schrie sie fast schon an: „Warum bist du immer müde? Du schläfst doch die ganze Nacht! Wenn du mich jetzt nicht sofort in den Kindergarten bringst, dann laufe ich davon. Ganz weit weg und Papa ist dann bestimmt böse auf dich!"

Dieses Verhalten überraschte meine Mutter dann doch. So kannte sie mich nicht. Das überaus brave, ruhige, unauffällige Mädchen, das sich sonst immer so verhielt, wie es die anderen haben wollten, konnte plötzlich stur und aufmüpfig sein.

Schwerfällig raffte sie sich auf, um endlich aus dem Bett zu steigen, ging wortlos zum Telefon und wählte eine Nummer. Kurz und bündig sagte sie: „Ein Taxi in die Blumengasse Nr. 61, bitte." Danach wandte sie sich mir zu und meinte nur: „Du kannst schon hinunter gehen, das Taxi wird gleich da sein. Es bringt dich in den Kindergarten". Der Taxifahrer würde den Weg angeblich kennen.

„Das war ja gar nicht schwer.", dachte ich mir. Meine Mutter drehte sie sich um und ging in Richtung Schlafzimmer. Ich hingegen schnappte meine Kindergartentasche – wenn auch leer – und war auch schon zur Türe draußen. Ich brauchte nicht lange zu warten, denn kaum stand ich vor dem Eingangstor, bog das Taxi auch schon um die Ecke. Wie eine Prinzessin setzte ich mich auf die Rückbank des schwarzen Mercedes. Ich fühlte mich richtig groß und wichtig. So kamen meine Freunde bestimmt nicht in den Kindergarten – und schon gar nicht allein. Am Ziel angekommen sprang ich stolz aus dem Auto. Bezahlt hatte ich nicht. Der Taxifahrer machte diesbezüglich auch keinerlei Anstalten. Dass dies so einfach funktionierte, imponierte mir sehr.

Dieser Vorfall wurde irgendwann zu einer gewissen Regelmäßigkeit. Meine Mutter zeigte mir später einmal, welche Nummern ich auf der runden Nummernscheibe drehen musste. Ich lernte schnell. Es dauerte nicht lange und ich konnte es von allein. Immer öfter wurde ein Taxi bestellt, das mich in den Kindergarten brachte. Bezahlt habe ich nie.
Erst viele Jahre später erfuhr ich, dass ein Bekannter meines Vaters, der ganz in der Nähe wohnte, Taxilenker war. Auch meine Mutter hatte ihn offenbar gut gekannt. Ob und wie dies abgegolten wurde, kann ich nicht sagen. Eigentlich ist es mir auch gleichgültig. Auf jeden Fall war das eine der lässigsten Erinnerungen an meine Kindheit.

Darüber gesprochen hatte ich nie, weder mit meinem Vater noch mit meinen Großeltern. Das hätte ich mich nicht getraut. Ich wusste innerlich, dass das alles irgendwie ungewöhnlich und auch nicht richtig war, so wie es ablief. Doch es war meine Chance, das zu erreichen, was mir zum damaligen Zeitpunkt das Wichtigste war.

Es kam vor, dass ich diese Situation nachspielte, wenn ich an den Wochenenden zu Besuch bei meinen Großeltern war. Die beiden wunderten sich darüber und wenn sie mich darauf ansprachen, wurde mir sofort wieder bewusst, dass ich nichts weiter darüber erzählen durfte. Niemals gab ich eine Erklärung darüber ab.

Erst als ich längst erwachsen war, erzählte ich irgendwann davon, wie es bei uns zu Hause tatsächlich abgelaufen war. Da waren sogar meine Großeltern verblüfft, denn mit solchen Aktionen hätten sie niemals gerechnet.

Ich schwieg eigentlich immer. Ich erwähnte nie, dass ich für meine Mama morgens die kleinen Fläschchen holen musste, dass sie den Alkohol manchmal aus großen Flaschen trank und dann oftmals irgendwo lag, sich nicht mehr bewegte, stundenlang schlief oder wirres Zeug redete. Auch nicht, dass es nie Frühstück oder andere Mahlzeiten gab und ich demnach häufig fürchterlichen Hunger hatte.

Meine einzige regelmäßige Mahlzeit war jene im Kindergarten. Ich rettete mich sozusagen von einem Mittagessen zum nächsten und schlug dann auch mächtig zu. Manchmal war ich sogar so hungrig, dass ich zusätzlich das, was andere Kinder übrig gelassen hatten, aufaß. Es gab auch Freundinnen, die mich bei ihrer Kindergartenjause mitessen ließen.

Ich aß, was auf den Tisch kam, denn die Chance auf einen vollen Magen musste genützt werden. Ich war auch nicht wirklich heikel, es schmeckte mir beinahe alles. Das fiel sogar den geistlichen Schwestern auf. Ob sie sich diesbezüglich einmal geäußert hatten, ist mir nicht bekannt.

Die Zeit im Kindergarten verging immer viel zu schnell. Ich genoss es, andere Kinder um mich zu haben, zu spielen, zu singen, draußen zu sein. Ich war trotz der miserablen Zustände zu Hause immer gut gelaunt. Fast zu gut gelaunt. Ich hatte gelernt, Negatives zu verdrängen. Unter keinen Umständen wollte ich mir etwas anmerken lassen. Mir war durchaus bewusst, dass es in anderen Familien anders zugehen musste, da die Kinder davon auch erzählten. Viele wurden von ihren Müttern morgens gebracht und nachmittags wieder abgeholt, umarmt, geküsst und liebevoll umsorgt. Ich beobachtete das genau und wurde manchmal traurig, denn ich wünschte mir, dass dies auch bei mir so wäre. Doch es blieb einzig und allein bei den Beobachtungen.

Viele meiner Freunde wurden bereits mittags abgeholt, einige blieben bis zum frühen Nachmittag. Ich hingegen war meistens die Letzte. Oft saß ich allein in der Garderobe, während die geistlichen Schwestern die Spielsachen aufräumten. Ich fühlte mich dann zurückgelassen, so als ginge man ohnehin niemandem ab. Ich wusste auch nicht, welcher Laune ich an diesem Tag wieder ausgeliefert war. Manchmal schaffte es meine Mutter selbst, zu kommen und mich abzuholen. Jedoch nur dann, wenn sie gerade wieder einmal Arbeit hatte – aber das war meistens nur von kurzer Dauer. Ab und zu kam auch eine ihrer Freundinnen. Es gab eine, die wirklich sehr nett war. Außerdem hatte sie eine liebe Schäferhündin namens Senta. Freitag mittags wurde ich meistens von meiner Oma abgeholt. Wir fuhren dann gleich in die Wohnung meiner Großeltern. Schön war, dass es dort einen Park mit einem Spielplatz gab. Der zweite positive Aspekt dieser Wochenenden waren die geregelten und vor allem ausreichenden, leckeren Mahlzeiten.

Ich kann heute gar nicht sagen, wovon meine Mutter eigentlich lebte, was sie – abgesehen vom Alkohol – zu sich nahm. Ich kann mich nicht daran erinnern, dass jemals bei uns zu Hause gekocht wurde. Keine Ahnung, ob meine Mama überhaupt kochen konnte. Aber auch alltägliche Dinge wie einkaufen gehen, den Tisch decken oder gemeinsam am Tisch sitzen hatte ich zu Hause nie erfahren. Das kannte ich maximal von meinen Wochenendausflügen.

Es war, als würde ich in zwei verschiedenen Welten leben. Die eine von Montag bis Freitag mittags und die andere über das Wochenende. Völlig konträr und doch so real. Im Grunde wusste ich nie genau, wo ich tatsächlich hingehörte. Auf der einen Seite eine traumatische Welt, gekoppelt mit Traurigkeit und Einsamkeit. Ein äußerst chaotisches Leben in ständiger Angst gegenüber neuen, unberechenbaren Situationen und Gewalt. Auf der anderen Seite gab es diese übertriebene, auf heilig gemachte Welt, extrem konservativ, überbehütet, jedoch genauso kühl und unnahbar. Eben nur geregelter und den Schein nach außen hin besser wahrend. Glücklich war ich auf beiden Ebenen nicht, einsam war ich da und dort gleichermaßen. Nur dass es auf der Wochenendebene einen gemächlicheren Ablauf gab. Ich musste nicht ständig auf der Hut vor etwaigen Gefühls- und Gewaltausbrüchen sein.

Glücklicherweise war ich ein äußerst gesundes Kind. Ich kann mich nicht erinnern, jemals krank gewesen zu sein. Vermutlich auch ein gewisser Selbstschutz, denn wer hätte sich im Krankheitsfall um mich kümmern sollen? Klein und zart, aber absolut hart im Nehmen. Heute denke ich mir, dass sowohl mein Körper als auch mein Geist damals schon stark genug waren, um derartige Situationen gar nicht erst aufkommen zu lassen. Schließlich war ich schon durch den Alltag belastet genug.

Heutzutage gibt es Menschen, die freiwillig ein „Survival Training", ein Überlebenstraining, in ihrer Freizeit absolvieren. Dort wird gelehrt, wie man in Notsituationen mit quasi nichts zurechtkommt und immer noch das Beste daraus machen kann – sozusagen trotz miserabler Ausgangssituation ein Maximum herausholen. Dafür zahlen diese Teilnehmer sogar richtig viel Geld.
Ist sicher eine tolle Sache, bei der man bestimmt eine Menge wertvolle Informationen und lehrreiche Dinge erfahren kann. Ich möchte dies in keiner Weise mindern. Vielleicht besuche ich sogar selbst irgendwann einmal ein solches Seminar, bei dem man zu bahnbrechenden Erfahrungen kommen kann.

Bei mir war das damals ähnlich. Es gab nur einen gravierenden Unterschied. Nämlich, dass dies absolut unfreiwillig war. Aber immerhin gratis. Ein Crashkurs für bestimmte Verhaltensstrategien bei Systemausfällen oder ein Erster-Hilfe-Kurs wären sicherlich durchaus hilfreich gewesen, wenn meine Mutter beispielsweise erneut Strom und Heizung nicht bezahlt hatte oder es ihr gerade wieder einmal nicht gut ging.

Obwohl ich noch so jung war, kann ich mich an viele Details sehr genau erinnern. Diese Szenen haben sich in mein Erinnerungsvermögen eingebrannt. Viele Bilder sehe ich noch ganz genau vor mir, wenn ich auch nur ansatzweise daran erinnert werde. Ich musste sehr früh lernen, nicht nur sehr selbständig zu sein, sondern mich auch den Lebensumständen bestmöglich anzupassen.

Es war wahrlich keine schöne Zeit, mit kaum einer angenehmen Erinnerung. Es gab nur einzelne Situationen, in denen ich Kind sein durfte, die halbwegs unbeschwert und positiv waren.

Eine kleine Anekdote dazu. Es ging dabei um die Schäferhündin Senta, die einer Freundin meiner Mutter gehörte. Die Hundedame war bereits älter und demnach äußerst friedfertig. Ich besaß damals ein Puppentheater aus Holz mit zwei oder drei dazugehörigen Spielfiguren. Senta konnte ich als Zuseherin für mein Spiel bestens gebrauchen. Sie blieb genau dort liegen, wo ich sie zuvor platziert hatte, ohne zu knurren oder gar zu bellen. Sie verzog keine Miene und ließ einfach alles über sich ergehen. Voller Inbrunst führte ich ihr meine schauspielerischen Kunststücke vor. Senta rührte sich keinen Millimeter, meistens schlief sie sogar ein, was mich aber überhaupt nicht störte. Schließlich war ich froh und dankbar, so ein ausdauerndes und zufriedenes Publikum zu haben. Sie war ohnehin mein einziges Publikum.

Solch freudige Erlebnisse zählten zu den absoluten Ausnahmen meiner Kindheit und stellten eine Auflockerung zu den sonst so bedrückenden Tagen dar. Sie zaubern mir noch heute ein Schmunzeln auf die Lippen.

Wenn mich hingegen meine Mutter vom Kindergarten abholte, gingen wir meistens nicht gleich nach Hause. Ich musste dann mit ihr in irgendwelche komischen Lokale gehen. Ich bezeichne diese auch heute noch als düstere, verrauchte Spelunken mit dicken roten Samtvorhängen und Billardtischen. Dort verkehrten vorwiegend für mich unheimlich aussehende, unfreundliche und komische Gestalten. Vor allem die Männer mit ihren finsteren Blicken und derben Ausdrucksweisen machten mir Angst. Alles wirkte dreckig und schmuddelig. Mama stellte mich in irgendeiner Ecke ab, so wie einen Regenschirm oder ähnliches, und verschwand in einen anderen Raum. Es kam mir unendlich lange vor, ehe sie endlich wiederkam. Was sie währenddessen tat, kann ich nicht sagen, es möge ihr Geheimnis bleiben.

Es war schrecklich langweilig und ich fühlte mich absolut unwohl in dieser Szene. Nicht gerade geeignete Orte, die man mit einem fünf- bis sechsjährigen Kind besucht. Ich beobachtete unterdessen meist die Menschen und wusste damals schon, dass ich später niemals solche Lokalitäten aufsuchen würde. Manchmal erbarmte sich jemand vom Personal, gab mir einen Bestellblock und einen Stift, damit ich wenigstens ein wenig zeichnen und die Zeit überbrücken konnte.

Ich ekelte mich vor dem Gestank nach Alkohol und Schweiß, den diese Leute hinterließen. All die dunkel verhangenen Räumlichkeiten, das Mobiliar, die Vorhänge, einfach alles war abstoßend und widerlich.

Ich kann mich noch genau an diesen Geruch erinnern. Wenn ich nur daran denke, bekomme ich Gänsehaut. Bestimmt spielten diese Aspekte eine große Rolle dabei, dass ich später niemals etwas mit Alkohol zu tun haben wollte und auch das Rauchen kein einziges Mal probiert habe.

Einmal hatte ich ein sehr tiefgreifendes, schlimmes Erlebnis. Ich war wieder einmal in einer dieser unsagbar unappetitlichen Lokalitäten, als mich ein kräftiges Hungergefühl überkam. Ich ging einfach an die Bar und bestellte mir kurzerhand einen Toast. Ich bin mir nicht sicher, ob man dieses Vorgehen als selbstbewusst bezeichnen konnte. Ich war einfach unglaublich hungrig und wollte etwas zu Essen haben. Um Erlaubnis fragen konnte ich nicht, da ich nicht genau wusste, wo meine Mama gerade war.

Der Toast wurde serviert und schmeckte köstlich. Ich war richtig stolz auf mich, dass ich mir zu helfen wusste. Bis auf den letzten Krümel hatte ich ihn in Nullkommanichts verspeist. Der Teller war längst wieder abserviert, als meine Mutter in Begleitung eines Herren endlich wieder auftauchte. Sie gab mir zu verstehen, dass wir nach Hause gehen würden. „Na endlich!", dachte ich mir. War auch schon höchste Zeit.

Ich war gerade dabei, mir meine Jacke anzuziehen, als plötzlich der Kellner hinter uns stand. Er wollte kassieren. Meine Mutter war etwas verwundert, da sie doch nichts geordert hatte, aber der Kellner klärte sie über die Sache mit meiner Bestellung auf. Diese Szene sehe und spüre ich heute noch, als wäre sie erst gestern gewesen. Mein Selbstbewusstsein in allen Ehren, aber die Konsequenzen hatte ich zuvor nicht bedacht. Das peinliche an der Geschichte war nämlich, dass meine Mutter kein Geld hatte, um meinen Toast zu bezahlen. Sie wurde sehr wütend und auch der Herr neben ihr.

Es war dies die erste und letzte Bestellung dieser Art. Aber der Toast war trotzdem super lecker.

Meine Mutter war stinksauer auf mich. War ich doch gerade eben noch so stolz auf mich und meine Selbständigkeit, so war dieses Gefühl plötzlich wieder entkräftet. Ich fühlte mich schuldig, hatte versagt und einmal mehr das Gefühl, belastend und ungeliebt zu sein.

Ich könnte noch eine Reihe weiterer solcher Geschichten erzählen, doch im Grunde enden sie alle in ähnlich frustrierender Form. Eine Situation möchte ich jedoch hervorheben, denn sie verletzte mich zutiefst.

Einmal gab es im Kindergarten nachmittags eine Vorführung, zu der Eltern und andere Angehörige eingeladen waren. Wir Kinder hatten ein musikalisches Programm einstudiert und wollten dieses präsentieren. Man mochte es kaum für möglich halten, aber meine Mutter hatte sich tatsächlich so weit zusammengerissen, dass sie zur Aufführung erschien. Möglicherweise hatte der Alkohol etwas nachgeholfen, sie war nämlich in ganz guter Stimmung. Ich freute mich jedenfalls sehr und war überaus stolz, dass sie gekommen war, um mich zu bewundern.

Die Aufführung verlief problemlos, alle zeigten sich zufrieden und waren bestens gelaunt. Im Anschluss gab es noch ein Buffet mit Speisen und Getränken. Die Erwachsenen unterhielten sich und die Kinder tollten herum. Die Stimmung meiner Mama wurde zunehmend besser, beinahe euphorisch.

Irgendwann war es an der Zeit, nach Hause zu gehen und wir verließen meinen damaligen Lieblingsort. Mama trug einen

Pelzmantel, den ich noch nie zuvor an ihr gesehen hatte. Ich wollte es aber nicht näher hinterfragen, denn im Augenblick war ich einfach nur glücklich und wollte den Moment nicht ruinieren. Mama war sogar so gut aufgelegt, dass sie mir die Hand gab und wir gemeinsam gemütlich durch die Straßen schlenderten. Sie war richtig lieb und plauderte völlig unbeschwert mit mir. Auch das war ein Verhalten, das ich kaum kannte. „Mama, ich freue mich so, dass du da bist!", fasste ich meine Gefühle in Worte. Sie drückte meine Hand, schaute mich an und schmierte mir Honig ums Maul: „Wo denkst du hin? Für mein Mädchen mache ich doch alles!"

Der Mantel war kuschelig. Er gefiel mir. Vorsichtig strich ich mit meiner Hand darüber. „Mama, ist der Mantel neu?" „Wieso fragst du?" Offenbar hatte sie nicht damit gerechnet, dass mir so etwas auffallen würde. Sie versuchte, mich vom Thema abzulenken, doch dadurch wurde es erst richtig interessant für mich. Ich bohrte weiter: „Den habe ich noch nie zu Hause gesehen. Woher hast du den?" Ihre Schritte wurden schneller, ihr Blick ernster. „Lächerlich!", konterte sie und stelle mir eine Gegenfrage. „Was willst du heute essen?" Eine Frage, die mir dann doch wichtiger erschien. Sie wusste genau, wie sie meinen Fokus auf etwas anderes lenken konnte. „Eine Leberknödelsuppe!" Die aß ich damals für mein Leben gern.

Wir betraten ein Gasthaus. Es war ein anderes Lokal als die, die wir sonst besuchten. Richtig fein und sauber. Der Kellner kam und Mama bestellte für mich die gewünschte Suppe.

Heute war alles irgendwie anders. Erst die Aufführung, dann der schicke Mantel, das noble Gasthaus, die gute Suppe, eine überaus fröhliche Mama… Alles wirkte so konträr. Ich wusste, dass sie seit wenigen Tagen wieder eine neue Arbeitsstelle hatte. War das etwa der Grund?

Nachdem wir hervorragend gespeist hatten, zahlte meine Mama und wir gingen nach Hause. Sie hatte viel mehr Geld als sonst eingesteckt. Irgendwie kam mir das komisch vor, andererseits war es mir aber völlig egal.

Als wir daheim waren, hängte sie den kuscheligen Mantel auf und sagte mir im Vorbeigehen, dass mich am nächsten Tag meine Oma vom Kindergarten abholen würde. Bald darauf kam mein Vater nach Hause. Auch das war ungewöhnlich. Er sah sofort den neuen Mantel, was seine Stimmung schlagartig umschwenken ließ. Mit strengem Ton fuhr er meine Mutter an: „Woher hast du den?", und deutete dabei auf die Garderobe. „Keine Ahnung!", schmiss sie ihm kurz und bündig entgegen. „Was soll das heißen? Wie kommt der hier her?" „Gekauft!" „Wie bitte? Was heißt gekauft? Wovon denn?", lachte mein Vater hämisch. Mama begann lauthals zu lachen, drehte sich um und ließ sich schwungvoll auf die rote Couch im Wohnzimmer fallen. Bei meinem Vater brannten nun alle Sicherungen durch. Mit hochrotem Kopf schrie er herum und die Situation begann zu eskalieren. Ich verkroch mich umgehend in die Ecke, in der unser kleines Aquarium stand. Während ich die Fische beobachtete – jene, die ohne regelmäßiges Futter überhaupt noch lebten – verfolgte ich nebenher das Geschehen. Mein Vater, der ohnehin sehr cholerisch und streng war, tobte und meine Mutter übte sich in Gleichgültigkeit. Sie würdigte ihn keines Blickes, was ihn noch wütender machte.

Dieser heftige Streit machte mir Angst. Ich versteckte mich, sodass beide Elternteile mich nicht mehr wahrnehmen konnten. Es war nicht der erste derartige Streit, den ich miterlebte. Solche Situationen zählten – sofern mein Vater zu Hause war – zur Tagesordnung. Doch diesmal schien alles noch heftiger auszufallen als sonst. Meine Mutter ignorierte meinen tobenden Vater komplett.

„Wahrscheinlich bist du wieder stockbesoffen!", schrie er sie an. Keine Reaktion. Gelangweilt schaute sie stattdessen auf den Fernseher, den sie zuvor eingeschalten hatte. Da trat mein Vater vor sie, packte sie an ihren schulterlangen Haaren und zog sie daran zu sich hoch. „Hast du ihn gestohlen?", fuhr er sie an. Er hatte diesen fürchterlich bösen Blick, den er immer bekam, wenn er zornig war. Von meinem Versteck aus konnte ich das alles genau beobachten.

Meine Mutter war so schockiert, dass sie begann, hysterisch mit ihren Fäusten auf meinen Vater einzuschlagen. „Gib es zu, du hast ihn gestohlen! Du lässt doch immer wieder wo was mitgehen!" „Und wenn schon?", schrie meine Mama, während sie krampfhaft versuchte, sich aus seiner Umklammerung zu befreien. „Du weißt aber schon, dass dein Vater Polizist in unserem Bezirk ist? Oder hast du das in deinem Suff vergessen?" „Na und, das war ein Geschenk!" „Ein Geschenk? Von wem denn?"

Das war der Höhepunkt der Eskalation. Mein Vater schlug auf meine Mutter ein. Ich hatte irrsinnige Angst und kam dennoch aus meinem Versteck, um meiner Mama zu helfen. Ich drängte mich zwischen meine Eltern und stellte mich „schützend" vor Mama. Mein Vater wich überrascht zur Seite. „Was willst du da?

Verschwinde!" „Du tust der Mama weh!", schrie ich zurück. „Geh weg, das geht dich nichts an. Geh in dein Zimmer! Sofort!" Doch ich blieb stehen. Wie ein Zinnsoldat blieb ich vor meiner Mama stehen und bewege mich keinen Millimeter. In diesem Moment hatte ich keine Angst mehr. Ich blieb ganz ruhig stehen und schaute meinem Vater in die Augen. Das brachte ihn noch mehr in Rage und er stieß mich zur Seite.

„Ich lasse Mama nicht im Stich! Das darfst du nicht, du tust ihr weh!", rief ich und ließ mich nicht davon abkriegen, auf ihn einzuschlagen. Ich boxte ihn tatsächlich mit meinen kleinen Fäusten. Damit hatte er nicht gerechnet. Er war außer sich und schlug mir daraufhin mehrmals ins Gesicht. Zuerst mir, dann Mama. Irgendwann hörte er von selbst auf. Alles ging furchtbar schnell.

Mein Vater blickte mich böse an und sagte in eindringlichem Ton: „Das machst du nie wieder! Hast du verstanden?", während er seine rechte Hand hob und mit dem Zeigefinger in meine Richtung zeigte, um dem Gesagten Nachdruck zu verleihen. Tränen liefen über meine Wangen. Alles tat mir weh. Die Schläge waren fest.

Leise stand ich auf und ging in mein Zimmer. Mama lag wie benommen auf dem Sofa. Auch sie hatte eine Menge Schläge abbekommen. Ich wusste nicht, inwieweit sie das Gefecht zwischen mir und meinem Papa überhaupt mitbekommen hatte. Irgendwann hörte ich die Tür ins Schloss fallen. Er war weg. Endlich!

Somit hatte der Tag, der einige Stunden zuvor noch so harmonisch gewesen war, ein tristes Ende genommen. Streit gab es eben des Öfteren. Aber nicht in dieser Intensität.

Ich verkroch mich in meinem Zimmer und traute mich nicht mehr, ins Wohnzimmer zu gehen. Mama war ganz ruhig. Ich machte mir Sorgen um sie. Vorwürfe plagten mich. Hatte ich etwa versagt? Dabei wollte ich sie doch nur beschützen! Ich hatte es nicht geschafft. Ich war zu schwach.

Mit einigen Stofftieren im Arm lag ich zusammengekauert in meinem Bett. Ich konnte nicht einschlafen, weil ich noch immer ganz außer mir war. Aus Angst, Wut und Scham. Irgendwann hörte ich die Toilettenspülung und den laufenden Wasserhahn. Ein Schnäuzen. Mama lebte! Ich hörte, wie sie ins Schlafzimmer ging. Plötzlich war es ganz still.

Ich klammerte mich an meinen Teddy und erinnerte mich daran, dass morgen Freitag war und mich Oma vom Kindergarten abholen würde. Darüber war ich heilfroh. Ich wusste genau, dass ich es irgendwie schaffen musste, allein in den Kindergarten zu kommen, denn mir war klar, dass Mama morgens wohl nicht aufkommen würde. Diese Umstände kannte ich schon.

Das Wochenende verlief zum Glück wie geplant und vor allem ruhig. Obwohl ich spätestens ab diesem Zeitpunkt große Angst vor meinem Papa hatte, erzählte ich niemandem von diesen Vorfällen. Nicht einmal montags, als ich von meiner Oma wieder in den Kindergarten gebracht wurde, ließ ich mir etwas anmerken. Nach außen hin war ich fröhlich wie immer, nur im

Inneren war mir keineswegs wohl zu Mute. Was würde mich diese Woche wieder erwarten? Meine Gedanken quälten mich.

Die Quintessenz dieser tragischen Geschichte war für mich das noch tragischere Ende. Es stellte sich nämlich heraus, dass meine Mutter den Pelzmantel tatsächlich entwendet hatte. Er gehörte der Mutter eines anderen Kindes aus dem Kindergarten. Diese Tatsache allein war eigentlich schon schlimm genug. Dass sie den Mantel jedoch erneut dorthin trug, übertraf das Maß aller Dinge. Das Resümee dieser Geschichte war, dass ich für die Dummheit meiner Mutter büßen musste und umgehend vom Kindergarten abgemeldet wurde. Ich durfte ihn aufgrund dieses peinlichen Vorfalles, für den ich in keiner Weise etwas konnte, nicht mehr besuchen.
Für mich war das eine Tragödie. Der Ort, an dem ich so gerne war – mein Zufluchtsort – wurde mir einfach genommen! Ich war zutiefst traurig. Wieder einmal war etwas in mir zerstört worden. Ein weiteres traumatisches Erlebnis in meinem ohnehin schon chaotischen Dasein. Meine Mutter hatte mir das Liebste, das ich zum damaligen Zeitpunkt hatte, genommen, ohne auch nur einen Gedanken daran zu verschwenden, was dies für mich bedeutete!

Die nächsten Wochen waren katastrophal. Ich wurde mit sofortiger Wirkung in einen anderen, mir vollkommen fremden, Kindergarten gebracht. Alles war neu. Ich kannte weder die Kinder noch die Betreuerinnen oder gar den Tagesablauf. Ich hatte meine Freunde verloren, die im Grunde mein Anker waren. Es gab niemanden mehr, der mich an seiner Jause teilhaben ließ. Ich fühlte mich einfach nur schrecklich. Oft liefen mir still und leise Tränen über die Wangen, während ich in irgendeinem Spielraum saß. Ich fühlte mich regelrecht abgeschoben. Außerdem war es bereits Frühling und alle Kinder kannten einander längst. Ich war und bleib die „Neue". Ich war sehr traurig. Doch wen interessierte das? Niemanden. Wie immer.

Es blieb mir auch diesmal nichts anderes übrig, als die Situation zu akzeptieren, wie sie war. Darin war ich schon eine Meisterin. Eigentlich war ich ein aufgewecktes, quirliges, kontaktfreudiges und vor allem wissbegieriges Kind. Mein Charakter war meine wahrscheinlich wichtigste Ressource, die mir das Leben mitgegeben hatte. Wenngleich es innerlich oft sehr weh tat, schaffte ich es, mir nach außen kaum etwas anmerken zu lassen. All die Emotionen, die dieses Verhalten im Laufe der Zeit in mir auslöste, blieben vorerst verborgen. Erst viele Jahre später kam einiges ins Rollen, als Trigger wie Gegenstände, Gerüche und Bilder Flashbacks verschiedenster Form in mir auslösten. Eine Art psychologischer Effekt, bei dem durch unterschiedliche Sinneseindrücke Gefühle oder Erlebnisse aus der Vergangenheit hervorgerufen werden.

Trotz allem, was in meinen ersten Lebensjahren geschehen war, erzählte ich meinen Mitmenschen nie von diesen beinahe unerträglichen Zuständen. Ich passte mich an die jeweilige Situation an und wollte auf so wenig Widerstand wie nur möglich stoßen.

Viele Jahre trug ich sämtliche „Geheimnisse" mit mir herum, versuchte mit allem allein fertig zu werden. Ich hatte gelernt, alles mit mir selbst auszumachen. Doch innerlich litt ich schrecklich. Wie sehr es auch schmerzte, ich wollte diese Gefühle einfach nicht wahrhaben. Ich wurde immer besser im Verdrängen.

Ich denke, dies hat in ausreichender Form gezeigt, was sich in mir, aber auch in meinem näheren Umfeld abgespielt hat. Von einer unbeschwerten Kindheit war absolut keine Rede. Mir war nur nie bewusst, dass diese Geschehnisse irgendwann wie ein Boomerang zurückkommen würden. Unangemeldet. Spontan. Heftig.

1. Brief an Mama – „Frühstück"

Ich sitze beim Esstisch. Eben noch sind auch meine Söhne – deine Enkel – hier gesessen und wir haben zusammen gefrühstückt. Ich genieße es immer sehr, wenn alle zu Hause sind und wir gemeinsam beim Frühstück sitzen. Vor allem an den Wochenenden, wenn wir frei haben und es ausreichend Zeit gibt, um in Ruhe zu essen und zu erzählen, was die Woche über besonders wichtig, interessant, bewegend war oder auch nicht so gut verlaufen ist. Unter der Woche ist dies selten möglich, da der Alltag seinen Lauf nimmt und alle Familienmitglieder ihren Verpflichtungen nachgehen müssen.

Heute bleibe ich länger sitzen, weil ich einen freien Tag habe. Ich trinke schluckweise und genüsslich die zweite Tasse meines frisch aufgebrühten Kaffees. Ich denke an dich, da ich mir in letzter Zeit häufig Gedanken darüber mache, wie ich mein Buch über mich, über uns, über meine Vergangenheit schreiben könnte. Ich recherchiere, denke nach, notiere mir, was mich bewegt und was erzählt werden möchte.
Ich überlege, ob, wann und wie du wohl frühstückst. Trinkst du gedankenverloren und rasch im Vorübergehen eine Tasse Kaffee oder zelebrierst auch du dein Frühstück mittlerweile? Während ich meinen Gedanken freien Lauf lasse, wird mir schwer ums Herz. Gefühle, die so nicht geplant waren, stellen sich plötzlich ein. Das wollte ich eigentlich gar nicht. Wieso tauchen sie auf einmal auf? Gedankenfetzen, Erinnerungen und Bilder kommen hoch, als wollten sie auf etwas aufmerksam machen, das ich lange bedeckt hielt.

Ja, es stimmt, die vergangen Tage und Wochen habe ich mich sehr mit mir, mit uns, mit meiner Kindheit, mit unserer – wenn auch nur kurzen – gemeinsamen Zeit auseinandergesetzt. Ich denke häufig nach über dich, über mich, über das, was einmal war, aber auch darüber, was aus dir, aus mir, aus uns geworden ist.

Ich fühle mich plötzlich wieder wie das vier- oder fünfjährige Mädchen, das abhängig war von dir, von Papa und allen anderen Erwachsenen. Eine gigantische Traurigkeit überkommt mich. Von ganz tief drinnen. Drinnen in mir. Wenn ich stillsitze, der Stille und meinem Inneren Gehör schenke, intensiv und bewusst in mich hineinhorche, das Fühlen wirklich zulasse, dann weiß ich auch warum. Wie ein Geistesblitz schlägt es ein. Es ist meine Seele, die sich zu Wort meldet. Sie kämpft und schreit, möchte sich endlich bemerkbar machen und rangelt mit meinem Ego, meinem Verstand und meinem Herzen.

„Ich bin es!", schreit es tief in mir. Wieder und wieder. Unüberhörbar. Ich spüre, wie mir kalt und warm gleichzeitig wird. Mein Herz klopft mir bis zum Hals. Der Puls rast. Ich werde unruhig und eine gewisse Angst macht sich breit. Unsicherheit kommt hoch und hinterlässt ihre Spuren. Wenn ich das gewusst hätte, dann hätte ich mich vielleicht lieber doch nicht auf diesen Denkprozess eingelassen. Zu spät.

Ich habe es so sehr vermisst. Dieses Gefühl, wichtig zu sein, jemand anderem wichtig zu sein. Aber nicht nur irgendjemandem. Nein, dir! Dir, meiner Mama! Ich habe mir immer gewünscht, von dir geschätzt, geliebt und beachtet zu werden. Ich wollte lediglich, dass du mich wahrnimmst. Einfach nur annimmst und dich zu mir bekennst. Als dein Kind. Deine Tochter.

Jeder nimmt wahr. Wir nehmen andere Menschen wahr, quasi im Vorübergehen, auf der Straße, im Verkehr, in Geschäften, wo auch immer. Oder besser gesagt, wir sehen sie. So wie man eine Laterne, ein Auto, einen Baum oder sonst etwas sieht. Man sieht, man nimmt wahr. Das ist die eine Seite der Wahrnehmung. Es handelt sich dabei jedoch nicht um die gleiche Wahrnehmung, um die sich unsere Seele Tag für Tag, Stunde für Stunde, Sekunde für Sekunde bemüht. Sie hofft ständig darauf, von mehreren oder wenigstens von dem einen oder anderen Menschen gesehen zu werden. Das gilt aber nicht nur für die Wahrnehmung allein. Nein, es ist auch die Anerkennung. Beide gehen Hand in Hand und suchen ihren Weg.

Meine Seele regte sich schon immer. Früher, als ich noch ein kleines Mädchen war, etwas leiser, zaghafter, vorsichtiger. Im Laufe der Zeit jedoch immer stärker. Vor allem dann, wenn mein Verstand wusste, dass es absolut keinen Zweck hatte, sich auch nur ansatzweise zu deklarieren. Das waren jene Momente, in denen niemand für mich Zeit hatte oder sich auch nur ein bisschen für mich interessierte. Es fiel vor allem dir, Mama, keineswegs auf, ob ich überhaupt anwesend war oder nicht. Von diesen Augenblicken gab es viele, unendlich viele.

Sage mir, hab' ich dir jemals gefehlt? Hast du mich irgendwann einmal vermisst? Ich meine, so richtig vermisst?

Manchmal hatte ich Angst. Das allein ist an sich schon eine schlimme Sache, aber wenn man dann auch noch mit seinen Gefühlen auf sich allein gestellt ist und sich niemandem anvertrauen kann, wiegt dies doppelt schwer. Häufig kauerte ich mich in eine Ecke und wartete einfach nur ab.
Es gab viele Momente, in denen ich starkes Bauchweh hatte. Komische Gefühle im Bauch, die unsagbar drückten. Dann musste ich weinen, weil es so weh tat und ich mich schrecklich einsam fühlte in dieser Welt.
Ab und zu, wenn ich dasaß und die Zeit viel zu langsam verstrich, begann ich zu singen. Das tat ich damals leidenschaftlich gerne. Und es half. Mein Singen hat das Bauchweh verschwinden lassen. Manchmal zumindest.

Heute gibt es kein Entkommen mehr, heute ist diese innere Stimme so hartnäckig und schrill, dass mir nichts anderes übrigbleibt, als mich mit meinen Gefühlen und Wahrnehmungen auseinanderzusetzen. Sie fragt mich nicht, ob ich gerade Zeit und Lust habe, darüber nachzudenken. Heute zeigt sich meine Angst unverblümt. Sie manifestiert sich in meinem Körper und spuckt sie aus, die Symptome, die Tränen, diesen Schmerz in der Brust. Die Verzweiflung fragt nicht höflich: „Hast du vielleicht gerade Zeit für mich und meine Ausbrüche?" Oh nein, gnadenlos kommt sie über mich, diese seelische Last, sodass ich glauben könnte, es zerreißt mich förmlich.

Tränen bahnen sich ihren Weg, laufen über meine Wangen. Gerade eben habe ich sie noch schnell aus dem Gesicht gewischt, so wie früher, doch mittlerweile ist es mir egal. Ich schäme mich nicht dafür.

Manchmal erinnere ich mich auch an mein altes Rezept und beginne, meine Stimme zu klangvollen Tönen zu erheben. Meistens beim Autofahren, denn da hört mich niemand. Nach diesen befreienden Momenten geht es mir dann besser.

Ach Mama, weißt du eigentlich, wie sehr ich mir ganz banale Dinge gewünscht habe? Alltägliches. Dinge, die in anderen Familien automatisch ablaufen, ohne sie näher zu hinterfragen. Ich habe mir eine Familie gewünscht. Eine ganz normale Familie. So wie die meisten jener Kinder, mit denen ich zusammen war. Ich wollte über Kleinigkeiten unbeschwert lachen können. Kichern, Blödsinn machen, herumtollen. Das Leben als ein großes Spiel betrachten und mit meiner kindlichen Neugier die Welt entdecken.

Und ich wollte endlich einmal ein Frühstück bekommen – für viele Kinder das Normalste auf der Welt. Ich hätte mir sehnlichst gewünscht, gemeinsam mit dir beim Frühstück zu sitzen, mit dir zu reden, von dir angehört zu werden. Ersehnt hätte ich mir, dass du mich auch einmal fragen würdest, was ich gerne zu essen hätte und dass du auf liebevolle Art und Weise etwas nur für mich, dein Mädchen, vorbereitet hättest.

Manchmal war ich traurig, wenn andere Kinder im Kindergarten erzählten, was ihre Mamas alles für sie taten und was sie nicht alles bekommen würden. Da konnte ich nicht mitreden, denn so etwas kannte ich nicht. Ein warmer Kakao, eine Buttersemmel – was war das? Wovon sprachen die anderen denn da? Gab es das wirklich?

Immer wieder war ich verblüfft und fragte mich, ob dies ganz normale Kinder und vor allem ganz normale Mütter waren. Ich überlegte, ob sie vielleicht von einem anderen Stern kämen. Wieso kannte ich so etwas denn nicht? Noch dazu, wenn es doch etwas ganz Selbstverständliches war. Wieso konnte ich mich mit dieser vermeintlichen Traumwelt nicht identifizieren? Ich verstand nicht, warum ich nicht auch ein Teil dieser ach so schönen, warmherzigen, gefühlvollen und wertschätzenden Welt sein konnte. Nur ein klitzekleiner Teil von einem großen, schönen Puzzle. Ich verstand es einfach nicht. Wir waren doch auch eine Familie? Oder?

Wir waren auf jeden Fall keine normale Familie. Wenn ich irgendetwas wusste, dann das. Aber warum waren wir das eigentlich nicht? Was meinst du? Was hat gefehlt? Wie wäre deine Meinung dazu aus heutiger Sicht? Wirklich ehrlich, ohne Ausreden, ohne zu bagatellisieren, ohne zu lügen. Du weißt es nicht?

Ach ja, genau. Die LIEBE! Das große Zauberwort. Das fehlte in unserem durchaus komplizierten, chaotischen, abnormalen Familienlexikon. Uns fehlte die Hauptzutat im familiären Kochrezept. Schade eigentlich. Schön wäre es gewesen, wenn du mich liebevoll geweckt, dich vielleicht sogar das eine oder andere Mal zu mir gekuschelt hättest. Genossen hätte ich es, wenigstens einmal umsorgt zu werden. Genossen mit jeder Faser meines Seins! Gegrinst hätte ich bis über beide Ohren. Gelacht, getanzt hätte ich, gesprungen wäre ich vor Freude, ganz weit und hoch. Und glaube mir, ich hätte mich dafür ordentlich ins Zeug gelegt!

Doch das gab es nie, Mama. Nie! Kein einziges Mal.

Ich glaube, ich war die Einzige, die weder ein Frühstück noch eine Kindergartenjause bekam. Ich war permanent hungrig. Ich ging leer aus, obwohl ich eine so tolle Kindergartentasche hatte! Weißt du noch? Ein geflochtenes Körbchen mit einem Deckel obendrauf, einer Schnalle und einem roten Lederriemen. Sie war wunderschön und ich war so stolz auf sie. Nur leider war sie eben immer leer.

Und noch etwas, Mama. Weißt du, womit du mich besonders hart getroffen hast? Hast du eine Vermutung? Oder ist das ebenso sang- und klanglos in deinen Erinnerungen untergegangen?

Es war jene Situation, die dich dazu bewogen hat, mich aus meinem gewohnten Umfeld herauszureißen. Du hast mir genommen, was mir damals das Wichtigste in meinem Leben war. Ich musste für deinen Fauxpas geradestehen. Durch dein Vergehen musste ich den Ort aufgeben, an dem ich am glücklichsten war, den Ort, an dem ich unbeschwert einfach Kind sein konnte. Dort, wo das Leben wirklich schön für mich war. Ich war unendlich verletzt und traurig darüber, dass ich den Kontakt zu meinen Freunden verloren hatte. Es war mir so peinlich, ich schämte mich unglaublich für dich und dein Verhalten. Aber ich schämte mich nicht nur für dich, sondern auch für mich. Ich übertrug dieses Schamgefühl automatisch auf mich. Einmal mehr war ich deinen Launen und deiner Egozentrik ausgeliefert, in denen du dich über mein Wohlergehen und meine Wünsche hinweggesetzt hast.

Während ich diese Szenen vor meinem inneren Auge vorüberziehen lasse, spüre ich neuerlich ein Ziehen in meinem Bauch. Ein eigenartiges Gefühl. Die unangenehmen Erinnerungen scheinen plötzlich wieder so präsent zu sein. Wahrscheinlich schwingt auch noch ein Hauch Melancholie mit.

Was würdest du sagen, wenn du das hier liest? Kannst du dich daran überhaupt noch erinnern? Kannst du mit diesen Worten, Gedanken und mit meinen Gefühlen etwas anfangen? Berührt es dich? Tut es dir vielleicht sogar leid? Oder lassen dich meine Worte nach wie vor kalt?

Du hast mich immer spüren lassen, dass dir meine Geburt einen Strich durch die Rechnung gemacht hat. Du warst nicht mehr frei, sondern hattest ein Anhängsel, dessen man sich nicht so leicht entledigen konnte. Aber Mama, ICH konnte doch nichts dafür!
Gehungert habe ich nach deiner Liebe, Geborgenheit, nach ein wenig Interesse an mir, nach Berührungen und einem Hauch von Zärtlichkeit. War das zu viel verlangt? Ich habe mich nach einer Liebe gesehnt, deren Intensität nur zwischen Mutter und Kind besteht.

Weißt du noch, wie ich dich beschützt habe? Ich habe es des Öfteren getan, so gut ich es in meinem Alter eben konnte. Ich habe dich stets verteidigt und versucht, dich zu schützen. Ja,

Mama, ich habe dich immer geliebt. Ich glaube, du hast das nur nie wirklich mitbekommen, weil du zu sehr mit dir selbst beschäftigt warst.

Ich dachte immer, wenn ich auf dich aufpasse, würdest du mich irgendwann einmal in den Arm nehmen und mir sagen, wie stolz du auf mich bist. Für ein Lob, ein Lächeln, ein „Danke", einfach nur einen Hauch von Liebe hätte ich alles getan. Ich wollte dir gefallen. Ich wollte, dass du stolz auf mich bist. Doch darauf warte ich heute noch.

Deine Tochter

Das Feuer – Mein Kampf zwischen Leben und Tod

Es war Nacht. Genauer gesagt war es die Nacht vom 9. auf den 10. Mai 1974. Ein Donnerstag.

Ich war abends schlafen gegangen, so wie jeden anderen Abend zuvor auch, allein und völlig unspektakulär. Ich hatte mich irgendwann ins Bett gelegt, mein Schutzengel-Gebet aufgesagt, mich in meinen Polster gekuschelt und in die Decke eingerollt. Ob ich Stofftiere bei mir hatte, weiß ich heute nicht mehr.

Ich ging eigentlich immer allein schlafen. Ohne Gute-Nacht-Geschichte, ohne Umarmung, ohne Gute-Nacht-Kuss. Das war einfach so. Ich hatte es nie hinterfragt, da ich es nicht anders kannte.

Meine Mutter war körperlich anwesend, aber was sie genau tat, kann ich nicht mehr sagen. Ob sie schlief oder irgendwo lag – keine Ahnung. Ich war es gewohnt, auf mich allein gestellt zu sein und das zu tun, wonach mir war. Ich war eine Träumerin, lernte einzutauchen in meine Fantasiewelt, jene Welt, die mir half, den Alltag so gut es ging zu überstehen.

Da ich mit mir selbst beschäftigt war, wusste ich auch nicht genau was meine Mutter immer so tat oder nicht tat. Sie nahm keine Notiz von mir und ich demnach auch nur wenig von ihr. Aber sie war wenigstens hier. Noch.

Wir bewohnten eine Altbauwohnung im 17. Wiener Gemeindebezirk. Die Wohnung lag im Hochparterre mit Blick in einen tristen Innenhof, einzig und allein geziert durch eine alte Teppichklopfstange. Keine Wiese, keine Blumen.

Die Wohnung bestand aus zwei Zimmern. Wenn man die Wohnung betrat, stand man sofort in der Küche, die gleichzeitig auch das Vorzimmer war. Wir hatten kein Badezimmer, lediglich eine Toilette. Das Waschbecken befand sich im Küche-Vorzimmer. Von diesem kam man ins Wohnzimmer.

Zwei sehr hohe Fenster befanden sich an der rechten und ein alter Ofen auf der linken Seite. Ein altes rotes Sofa, ein Holztisch und zwei ebenfalls im gleichen roten Stoff bezogene Fauteuils befanden sich im linken Bereich des Raumes. Durch eine weitere Türe konnte man das Schlafzimmer betreten. Dieses wurde durch einen langen Holzschrank in zwei offene Schlafbereiche geteilt. Nur durch einen schmalen Auslass, etwa einen Meter breit, konnte man vom vorderen Bereich, in dem die Eltern schliefen, den hinteren Bereich, mein „Kinderzimmer", erreichen. Aufgrund des typischen Altbaustils waren die Räume sehr hoch. Es gab ebenfalls zwei hohe Fenster in diesem Raum, eines im vorderen Schlafbereich der Eltern und das zweite in meinem Bereich. Alle Fenster der Wohnung waren durch dicke Vorhänge verhängt.

In meinem Kinderbereich befand sich ganz hinten in der Ecke zwischen Wand und Holzverbau mein Bett, daneben ein Nachtkästchen mit Lampe und im vorderen Teil standen mein Puppentheater, einige wenige Spielsachen und ein Schreibtisch, zumal ich ja bald in die Schule kommen sollte. Die Möbel hatte ich von meinen Großeltern geschenkt bekommen, da meine Eltern ohnehin kein Geld hatten. Ich war unglaublich stolz auf alles.

Irgendwann wurde ich plötzlich wach. Es war dunkel draußen. Ziemlich ungewöhnlich, denn ich wurde nachts sonst nie wach. Ich spürte, dass irgendetwas anders war und setzte mich abrupt auf. Ich konnte nicht genau sagen, was es war, aber ich wusste mit meinen sechs Jahren sehr wohl, dass etwas nicht stimmte. Ich versuchte die Lampe auf meinem Nachtkästchen einzuschalten, doch sie funktionierte nicht. Ich sprang aus dem Bett und versuchte, trotz der Dunkelheit, den Weg zu meiner Mama ins Schlafzimmer oder auch ins Wohnzimmer zu finden. Weil ich absolut nichts sehen konnte, tastete ich mich mit meiner Hand den Wandschrank entlang.

Aua! Was war das denn? Ich zuckte zusammen, ein heftiger Schmerz durchfuhr mich und ich riss meine Hand reflexartig zurück. Sie tat richtig weh. Es war auch richtig heiß hier und es roch eigenartig. Ein Geruch, den ich nicht kannte und somit auch nicht zuordnen konnte. Es begann zu knacksen und zu knistern. Langsam bekam ich es mit der Angst zu tun. Ich hielt inne, lauschte, versuchte irgendetwas zu hören, ehe ich nach meiner Mama zu rufen begann. Einmal, dann noch einmal, erst leiser und vorsichtig. Dazwischen wartete ich immer ein wenig, lauschte, ob ich nicht vielleicht doch eine Antwort bekommen würde. Doch es kam nichts. Ein ungutes Gefühl stellte sich in mir ein. Ich rief wieder und wieder. Mit jedem Mal wurden meine Rufe lauter, durchdringender, greller und schriller, meiner Meinung nach unüberhörbar.

Doch nichts regte sich, keine Antwort. Einfach nichts. Was war nur los? Panik ergriff mich. Ich begann am ganzen Körper zu zittern. Immer wieder schrie ich aus Leibeskräften. „Mama, Mama, wo bist du? Ich habe solche Angst, bitte komm! Schnell!"

Aber sie kam einfach nicht. Ich verstand das nicht. Ich schrie so laut ich konnte, das musste sie doch hören. Irgendwann in meiner Hysterie begann sich meine Stimme zu überschlagen. Ich war verzweifelt, fühlte mich verlassen.

Doch ich war eine Kämpferin und wollte nicht aufgeben. Ich dachte, wenn sie mich nicht hört, dann geht es ihr vielleicht selbst nicht gut. Ich wollte und musste es allein schaffen. Ich wollte unbedingt den Weg finden und probierte es abermals, mich am Schrank entlang zu hanteln. Ich hatte immer schon einen starken Willen und wenn ich etwas wollte, dann konnte ich es auch umsetzen. Dachte ich.

Meine Hand zuckte erneut blitzschnell zurück. Der Wandschrank war glühend heiß. Ich hatte mir die Haut meiner Handfläche verbrannt. Wie angewurzelt blieb ich stehen. Stocksteif. Ich wusste, dass ich auf diese Art und Weise keine Chance hatte.

Ab diesem Moment wagte ich es nicht mehr, auch nur einen einzigen Schritt zu tun – weder nach vorne noch nach hinten und schon gar nicht seitwärts. Ich blieb genau dort stehen, wo ich war. Innerlich spürte ich, dass es das jetzt mit mir gewesen sein musste oder so ähnlich. Panische Angst überkam mich. Es war verdammt heiß im Zimmer, es knackste ständig und keiner nahm Notiz von mir.

Trotz meiner Angst machte ich mir tatsächlich Sorgen um meine Mama. Was war, wenn ihr etwas passiert war und sie mich deshalb nicht hören konnte? Ich glaubte, ihr helfen zu müssen. Ich dachte, wenn sie wieder getrunken hatte, dann konnte sie doch gar nichts bemerken von all dem, was sich hier abspielte. Ich wollte unbedingt etwas tun, zu ihr eilen, sie suchen, ihr helfen. Aber wie? In meiner Panik rief ich immer wieder nach ihr.

Bald kam jener Moment, an dem ich kaum noch rufen konnte, weil meine Stimme zunehmend versagte. Ich begann zu husten, bekam kaum noch Luft, hatte das Gefühl es würde mir den Hals zuschnüren. Aus dem anfänglichen Schreien wurde ein stockendes, mühsames Krächzen.

Hatte ich etwa versagt? Schaffte ich es nicht mehr, meiner Mama rechtzeitig zu helfen? Ich dachte es wäre aus. Mit letzter Energie schaffte ich es noch, mein kindliches Schutzengel-Gebet aufzusagen. Ich hoffte, dass es diesen Gott geben würde, so wie wir es im Kindergarten von den geistlichen Schwestern immer hörten. Der musste mich doch sehen und mir helfen. Ich bat ihn, meine Mama aufzuwecken, damit sie kommen und mich holen konnte.

Ich konnte kaum noch atmen und mit jedem Atemzug wurde es schlimmer. Ich röchelte, schnappte immer schneller nach Luft und versuchte den Mund ganz weit aufzureißen, um Luft zu bekommen. Doch dadurch musste ich noch stärker husten. Es war fürchterlich, beklemmend und zutiefst beängstigend.

Ich hatte dem Tod schon in die Augen gesehen. Eine innere Stimme sagte mir, dass es keinen Sinn mehr hatte. Die Panik, die mich vor einigen Minuten noch zutiefst ergriffen hatte, das Entsetzen und auch die Sorge um mich und meine Mama war mit einem Mal verflogen. Aus irgendeinem Grund wurde ich ganz ruhig. Ich wusste intuitiv, dass ich keine Chance mehr hatte hier herauszukommen. Ich ließ mich vorsichtig zu Boden gleiten und legte mich auf den Teppich.

Da sah ich ihn, meinen Engel. Er war ganz weiß und hatte weder ein Gesicht noch die typischen Engelsflügel. Es war eine helle, wunderschön schimmernde Gestalt. Ich sah ihn klar und deutlich. Bis heute kann ich mich exakt an dieses Bild erinnern. Ich hatte keine Angst mehr. Ohne zu wissen warum fühlte ich mich beschützt, als wäre ich in eine Wolke oder in Watte eingepackt. Während ich dieses Lichtwesen betrachtete, blieb mir mit einem Mal die Luft weg. Ich fühlte kurzfristig gar nichts mehr. Ich wurde ohnmächtig.

Ich weiß nicht, wie lange ich in diesem Zustand war. Irgendwann hörte ich eine kräftige Männerstimme, die mehrmals meinen Namen rief. Ich konnte aber nicht antworten, da ich erst langsam wieder zu mir kommen musste. Die rettende Stimme rief immer wieder nach mir: „Barbara, bist du hier?"

Völlig benebelt schaffte ich ein leises: „Ja, hier bin ich." Gleichzeitig musste ich kräftig husten. Ich zitterte am ganzen Körper. Ein greller Schein leuchtete direkt in meine Richtung. Ein Feuerwehrmann eilte auf mich zu, hob mich hoch und beruhigte mich mit den Worten: „Alles wird gut!"

Wie ein kleines Äffchen schlang ich meine Arme um seinen Hals, klammerte meine Beine um seine Mitte und ließ meinen Kopf auf seine Schulter sinken.

Von da an ging alles ganz schnell. Der Feuerwehrmann trug mich aus der Wohnung ins Stiegenhaus. Im Wohnzimmer waren andere Feuerwehrleute noch damit beschäftigt, den Brand zu löschen. Die Rettung war bereits hier. Ich wurde sofort in eine

Decke gehüllt und auf die Rettungstrage gelegt. Noch bevor ich abtransportiert wurde, fragte ich nach meiner Mama.

„Ist deine Mama auch in der Wohnung?", fragte mich der Feuerwehrmann erstaunt. „Ja, ja. Sicherlich. Sie ist bestimmt da. Sie muss da sein, sie war noch hier als ich am Abend ins Bett gegangen bin. Sie muss da sein!" Der Feuerwehrmann gab sofort das Kommando, nochmals die Wohnung zu durchsuchen.

Einige Nachbarn und Schaulustige standen am Gang und beobachteten das Geschehen. Unsere Nachbarin, die liebe alte Dame, die ich oft und sehr gerne besucht hatte, stand neben der aufgebrochenen Wohnungstür und weinte. Sie strich mir noch schnell über den Kopf, ehe mich die Rettungsleute zum Krankenwagen brachten. Sie war es auch, die sowohl die Feuerwehr als auch meine Großeltern angerufen hatte.

Ich musste ständig husten. „Bitte, bitte, ihr müsst meine Mama finden!", krächzte ich aus letzter Kraft. Danach wurde ich in einen Krankenwagen eingeladen. Meine Oma war mittlerweile auch gekommen und setzte sich neben mich. Sie fuhr mit ins Krankenhaus. Mein Opa, selbst Polizeibeamter, jedoch zu diesem Zeitpunkt nicht im Dienst, blieb noch an der Unglücksstelle. Er wartete vor Ort auf meine Mama, zumal sie nicht in der Wohnung gefunden wurde. Es stellte sich heraus, dass sie zum Zeitpunkt des Geschehens tatsächlich nicht anwesend war.

Ich hatte erst viel später erfahren, dass ich an diesem Abend tatsächlich allein zu Hause gewesen war. Wir hatten wieder einmal keinen Strom, da die Rechnungen nicht bezahlt wurden. Meine Mutter hatte eine Kerze als Lichtquelle verwendet. Das wäre an sich kein Problem, nur leider stand die Kerze nicht auf dem Tisch, sondern auf dem Sofa. Sie brannte ein riesiges Loch in die Sitzbank und in weiterer Folge fing alles andere an Textilien Feuer. Die ganze Wohnung brannte lichterloh, alles war restlos zerstört und verbrannt. Die Feuerwehr arbeitete mit schwerem Atemschutz.

Meine Mutter hatte – aus welchen Gründen auch immer – unsere Wohnung in den Abendstunden verlassen, die Eingangstüre verschlossen und mich als Sechsjährige einfach zurückgelassen. Sie hatte mich eingesperrt. Erst in den Morgenstunden kam sie wieder zurück und fand meinen immer noch wartenden Großvater vor. Was in ihr vorgegangen war habe ich niemals erfahren. Genauso wenig den Grund, warum sie überhaupt fortgegangen war und mich mit meinen sechs Jahren allein zurückgelassen hatte. Bis heute kennt wahrscheinlich nur sie selbst die Antwort darauf.

Der Wohnungsbrand war um 22:04 Uhr komplett gelöscht.
Ich wurde ins St. Anna-Kinderspital gebracht. Zwischen 22:00 und 22:30 kamen wir dort an.
Die damaligen Krankenhäuser waren längst nicht das, was sie heute sind. Sie waren unpersönlich, kalt und kahl. Ich wurde in einen riesigen Raum – beinahe ein Saal – gebracht, in dem an jeder Längsseite etliche metallene, quietschende Betten aneinandergereiht waren. An der linken Seite, irgendwo im mittleren Bereich, war ein Bett frei. Dieses sollte für die nächsten paar Tage mein Auffanglager sein. Ich wurde dort

quasi „abgelegt", zumindest empfand ich es damals so. Eine Krankenschwester kam und gab mir ein trockenes Nachthemd. Meines war durch die ganze Aufregung und den Schock ein wenig durchnässt gewesen. Ja, ich hatte im Zuge meiner panischen Angst eingenässt. Sie zog es mir wortlos über, gab mir noch etwas zu trinken und deckte mich, nachdem ich ein paar Schlucke gemacht hatte, zu. Danach drehte sie sich – immer noch wortlos – um und verließ eilenden Schrittes das Krankenzimmer. Einige Kinder, die durch das Licht geweckt worden waren, setzten sich in ihren Betten auf und blickten mich neugierig an.

Ich zitterte immer noch am ganzen Körper und mir war eiskalt. Ich hatte riesige Angst. Ich wusste noch nicht einmal, was wirklich passiert war. Ich lag ausgestreckt in meinem knarrenden Bett und wagte es nicht, mich zu bewegen. Ich wollte nicht noch mehr Aufsehen erregen, als ich ohnehin schon tat. Ich wünschte mir, dass sich alles ganz schnell beruhigen und vor allem das Licht gelöscht werden würde. Ich wollte einfach nur Ruhe haben.

Ich spürte förmlich die Neugier der Kinder, die natürlich wissen wollten, warum ich mitten in der Nacht hier eingeliefert worden war. Manche tuschelten, doch keines der Kinder sprach mich direkt an. Zum Glück. Ich war weder willig noch fähig, auch nur irgendetwas zu sagen. Ich stand total unter Schock.

Meine Oma, die mich kurz zuvor im Krankenwagen noch begleitet hatte, war auf der Fahrt relativ wortkarg. Sie wirkte teilnahmslos, aber vermutlich stand auch sie unter einem gewissen Schock. Im Spital war sie nicht wirklich eine psychische

Unterstützung für mich. Sie blieb vor der Tür des Krankenzimmers stehen und beobachtete durch die große Glasscheibe noch kurz was mit mir weiter passieren würde. Als das Licht gelöscht wurde, ging sie.

Sie war tatsächlich einfach gegangen! Dabei hätte ich doch gerade jetzt so dringend ein paar tröstende Worte, eine Hand oder eine schützende Umarmung gebraucht. Ich war wie in Trance, registrierte alles, konnte meinen Schmerz aber nicht äußern. Irgendetwas in mir war gestorben. Ich fühlte mich wie eine leblose Puppe, die man einfach weglegt, wenn man sie gerade nicht braucht.

Ich war verzweifelt, traurig, einsam, fühlte mich verloren und verlassen. Tränen liefen über mein Gesicht. Ich wusste nicht, was aus meiner Mama geworden war, ob sie gefunden wurde, verletzt oder gar tot war. Ich wusste natürlich auch nicht, was mit mir weiter passieren würde. Alles drehte sich in meinem Kopf. Ich fühlte mich kraftlos und müde. Ich weinte noch einige Zeit still und leise vor mich hin, ehe ich dann doch irgendwann völlig erschöpft einschlief.

Es war die schlimmste Nacht meines Lebens! Niemals fühlte ich mich verlorener, verlassener und meinem Schicksal unbarmherziger ausgeliefert als in jener Nacht.

Aber ich lebte. Ich hatte diesen puren Wahnsinn tatsächlich überlebt! Meine Seele wollte leben. Es musste noch mehr in meinem Leben geben, das es wert war, zu überleben.

Morgens wurde ich durch lautes Gelächter geweckt. Ich schlug die Augen auf und musste mich erst einmal orientieren. Wo war ich eigentlich und was war überhaupt los? Verlegen blickte ich umher und merkte erst jetzt, dass ich nicht in, sondern unter meinem Bett lag. Ich sah ausschließlich Füße. Vorsichtig rutschte ich ein Stück Richtung Bettrand. Verstohlen und verunsichert lugte ich hervor. Einige Kinder standen um das Bett herum und bogen sich vor Lachen. Einer von diesen Schlaumeiern rief lautstark in die Menge: „Schaut euch die an, die schläft nicht im, sondern unterm Bett! Kennt die etwa kein Bett, weiß die denn nicht was das ist und was man damit macht?" Die anderen kicherten. Ein anderes Kind meldete sich ebenfalls zu Wort: „Wahrscheinlich ist sie zu blöd dafür!" „Die ist irgendwie komisch.", warf ein weiteres Kind ein. Ein Mädchen fragte spöttisch: „Und, was machst du hier? Wieso bist du in der Nacht gekommen?"

Was? Wieso? Was heißt in der Nacht? Wovon sprachen die denn da? Ich kannte mich ganz und gar nicht aus, wusste zu diesem Zeitpunkt nicht, was überhaupt passiert war. Der Verdrängungsmechanismus hatte bereits eingesetzt. Ich überlegte, wo ich war und was ich hier machte. Meine Gedanken kreisten. Ich versuchte krampfhaft, mich an die letzten Stunden zu erinnern.

Die vielen Stimmen, das hämische Gelächter der anderen Kinder, der Anblick dieses grauenhaften, in weiß gehaltenen, großen Saales mit den scheußlichen Metallbetten an den Wänden, das alles ließ mich zutiefst erschaudern. Am liebsten hätte ich geschrien und geheult gleichzeitig. Doch ich brachte nicht einen einzigen Ton heraus.

Eine Schwester kam herein. „Auseinander! Alle in ihre Betten, aber ein bisschen plötzlich!", entfuhr es ihr in strengem Ton. Wie ein Rudel aufgescheuchter Hühner sprangen die Kinder zurück in ihre Betten. Die Schwester blickte mich kurz an. „Steh auf. Leg dich ins Bett.", schmetterte sie mir kühl entgegen. Ich tastete mich langsam hervor und stand auf, richtete mir mein Nachthemd und versuchte, mich so rasch und unauffällig wie nur möglich unter die Decke zu verkriechen. Ich unterdrückte die Tränen, wollte mir nichts anmerken lassen, führte einfach nur aus, was mir befohlen wurde. Ich sprach dabei kein einziges Wort und beantwortete auch keine mir gestellten Fragen. Ich schaute nur.

Ein wenig später gab es Frühstück, doch ich brachte keinen Bissen hinunter. Ich lag nur da, konnte kaum klar und logisch denken. Alles zog an mir vorbei. Dabei war ich doch der Hauptakteur in diesem Stück. Ich spielte eine Rolle, die ich absolut nicht wollte, die ich mir niemals ausgesucht hätte und doch war dies meine knallharte Realität. Wer oder was war ich? Eine Figur, eine Marionette, ein Werkzeug oder einfach nur ein willenloses Geschöpf? War das überhaupt ich, die Barbara aus der Blumengasse im 17. Bezirk?
Ich spürte und wusste in diesem Moment gar nichts. Ich fühlte mich leblos und taub. Mein Körper funktionierte, mein Herz schlug, ich atmete wieder relativ normal, ich konnte hören und sehen. Aber ich fühlte nichts. Gar nichts. Auch keinen Schmerz.

Irgendwann rief mir jemand zu: „Schau mal, dort hinter der Glasscheibe, da steht jemand. Besuch für dich!" Wortlos blickte ich in besagte Richtung. Tatsächlich, da stand wirklich jemand! Es waren meine Eltern. Es waren tatsächlich meine Eltern! Beide sogar!

Kurz warfen sie einen verstohlenen Blick in meine Richtung und winkten mir durch die Scheibe zu. Es dauerte einen Moment, bis ich realisierte, was sich da abspielte. Ehe ich verstand, was los war und langsam meine Hand hob, um zurückzuwinken, war mein Besuch auch schon wieder weg.

Ich verstand die Welt nicht mehr. Warum kamen sie nicht her und nahmen mich endlich mit aus diesem grauenhaften, kahlen Raum, in dem es nur Kinder gab, die mich nicht wollten und mich sogar für etwas auslachten, für das ich gar nichts konnte. Ich wollte nur weg aus diesem schrecklichen Krankenzimmer.

Warum waren sie schon wieder weg, ohne mit mir zu sprechen, ohne zu mir herzukommen? Wollten sie mich denn jetzt gar nicht mehr? Wollten meine Eltern mich etwa für immer hierlassen, damit sie endlich Ruhe von mir hätten?

Ich saß wie versteinert da und malte mir in Gedanken aus, was ich ihnen gerne sagen würde. Ich beschloss, in Zukunft ganz brav zu sein – noch braver als ich es ohnehin schon war. Ich würde mich ganz unauffällig verhalten, Hauptsache sie kämen und würden mich von hier abholen. Alles hätte ich in diesem Moment versprochen, nur um nicht zurückgelassen zu werden. Mein kindliches Gemüt verstand diesen Zustand ganz und gar nicht.

Langsam stellten sich bei mir auch einige schemenhafte Erinnerungen an die vergangenen Stunden ein. Ich begann langsam zu verstehen, dass etwas Schlimmes passiert war und ich meine Mama vermisst hatte. Doch ich hatte sie soeben durch das Fenster gesehen. Also lebte sie. Ich wollte sie rufen, in der Hoffnung, dass sie mich hören und sich umdrehen würde. Doch es ging nicht. Alles in mir war zu. Abgesperrt. Verschlossen. Ich brachte keinen einzigen Laut heraus, nicht einmal ein klägliches Piepsen. Ich konnte nicht. Ich fühlte mich schrecklich. Ich, die bei passenden Gelegenheiten immer so gerne darauf los geplappert hatte, konnte nicht mehr sprechen. Ich brachte einfach keinen Ton heraus!

Selbst wenn ich heute daran denke, während ich diese Zeilen schreibe, empfinde ich diese Gefühle der puren Verzweiflung von damals, diese Leere, diese Hoffnungslosigkeit, diesen seelischen Schmerz. Ich begann, die Hilflosigkeit und den Schmerz in meiner Brust zu verdrängen und beiseitezuschieben. Wie ein Buch, das einmal gelesen in ein Regal gestellt wird und verstaubt. Ich wollte das alles für immer vergessen. Ein für alle Mal! Ich wollte nicht mehr daran erinnert werden, nicht mehr daran denken und schon gar nicht mehr darüber reden müssen. Das wäre der Plan gewesen. Doch wir alle wissen, es kommt immer anders als man denkt. Es kommt nämlich so, wie es kommen muss.

Ja, es war tatsächlich so. Meine Eltern waren zwar kurz hier gewesen – ähnlich einem Alibi, einer Rechtfertigung für sich selbst – aber sie verschwanden genauso sang- und klanglos, wie sie gekommen waren. Sie hatten kein einziges Wort mit mir gesprochen. Nicht ein einziges Wort! Kann man sich das denn vorstellen? Nein, eigentlich nicht.

Was mag dabei in einem Menschen wohl vor sich gehen? Konnte man als Elternteil allen Ernstes so gefühllos sein und so tun, als wäre nichts Dramatisches geschehen? Ja, sie konnten es! Meine Eltern konnten es. Und wie sie es konnten. Damals genauso wie heute.

Die nächsten Tage existierte ich irgendwie. Keine Ahnung wie. Ich passte mich den Gegebenheiten an. Das war etwas, das ich ohnehin schon gut kannte und konnte. Anpassungsfähigkeit zählte zu meinen absoluten Stärken. Als „Skills" würde man diese Fähigkeiten heute bezeichnen. Stärken, die man besitzt, um sich über unangenehme oder schwierige Zeiten zu retten. Glaubenssätze, die man gewissenhaft gelernt und intus hatte, konnten problemlos abgerufen werden. Und darin war ich ein kleiner Meister.

Brav, ruhig und gehorsam sein, sich anpassen, reden wenn man danach gefragt wird – und zwar nur dann – und sich selbst nicht zu wichtig nehmen. Schreckliche Erziehungsmethoden und äußerst einprägsame Phrasen, die man jedoch verinnerlicht hatte und nicht nur für richtig hielt, sondern auch befolgte.

Nach einigen Tagen stellten die Ärzte offenbar fest, dass ich entlassen werden konnte, dass physisch alles wieder in Ordnung zu sein schien. Es gab keinen Grund mehr, mich weiterhin hier zu behalten. Persönlich hatte mich damals jedoch niemand gefragt, wie es mir tatsächlich ging, ob ich etwas bräuchte oder einen Wunsch hätte.

Obwohl ich klein und zart war, hatte ich den Unfall ohne gröbere Schäden überstanden. Die Rauchgasvergiftung, die ich erlitten hatte, war offenbar nicht allzu schlimm gewesen.
Meine erste Überlebensprüfung hatte ich mit Bravour bestanden. Note: 1!

Über mein seelisches Befinden hatte sich damals niemand Gedanken gemacht. Weder Ärzte noch Therapeuten und schon gar nicht meine Angehörigen. Doch sie waren da, diese eigenartigen Zustände. Ängste, Unwohlsein, undefinierbare Bauchschmerzen, innere Bilder, Alpträume. Ich fühlte sie. Manchmal tat das alles richtig weh, vor allem nachts. Wenn ich aber durch äußere, positive Situationen abgelenkt war, spürte ich die Schmerzen seltener oder in schwächerer Intensität. Spürbar waren sie aber trotzdem.
Für meine Beschwerden interessierte sich jedoch niemand. Es gab niemanden, der dahingehend einmal ein Gespräch mit mir geführt hätte. Nicht einmal Familienmitglieder haben sich darüber auch nur annähernd Gedanken gemacht. Anscheinend stand man früher derartigen, vermeintlich seelischen Beschwerden wie Angstzuständen noch nicht so offen gegenüber, wie dies in der heutigen Zeit zum Glück der Fall ist.

Für mich stellt sich auch heute noch die Frage, ob ich damals tatsächlich schon so eine Kämpfernatur war oder ob es vielmehr die Kraft meines Schutzengels war, die mich aus diesem Desaster so glimpflich davonkommen ließ. Vielleicht waren es auch beide Aspekte gleichermaßen.

Ich war also wieder auf den Beinen, galt als „gesund" und das genügte. Ich wurde aus dem Krankenhaus entlassen und startete unverdrossen in ein neues Leben. Nichts war mehr so, wie es vor diesem Zwischenfall war. Gar nichts. Alles kam ganz, ganz anders.

Einige Zeit später wurde ich von einer Polizeibeamtin einvernommen. Ich musste bezüglich des Verhaltens meiner Mutter mir gegenüber aussagen. Wie sie sich um mich gekümmert hatte und auch darüber, ob mich meine Mama öfters allein zu Hause gelassen hatte.
Ich verstand die Fragen damals als Sechsjährige nicht wirklich. Doch ich musste aussagen. Ich erzählte nicht viel, ging kaum auf die Fragen ein. Was sollte ich auch sagen? Ich hatte doch gelernt, nichts von dem, was sich zu Hause abspielte nach außen zu tragen. Selbst meinen Großeltern hatte ich nie über irgendwelche Details oder Vorkommnisse berichtet. Ich hatte eben gelernt zu schweigen.

Befangenheit machte sich breit. Ich hatte Angst, Falsches preiszugeben, das erneut verbale oder nonverbale Gewalt nach sich ziehen könnte. Ich war verunsichert und außerdem wollte ich nicht, dass meiner Mama etwas passiert. Auch wenn sie nicht die liebende Mama war, die ich mir vielleicht gewünscht hätte, so trug ich dennoch Sorge, dass man sie mir wegnehmen könnte. Das wollte ich auf keinen Fall. Lieber hatte ich eine verhaltensauffällige Mama als gar keine.
Scheu und auch etwas verkrampft gab ich meine Antworten zu Protokoll, ohne zu wissen, welche Konsequenzen diese auf mein

weiteres Leben haben würden. Die Polizistin war sehr nett zu mir und notierte alles, was ich zur Aussage brachte. Sie wollte unbedingt wissen, ob mich meine Mama des Öfteren allein zu Hause gelassen hatte. Dazu sagte ich nicht viel, im Gegenteil, ich gab an, dass sie mich nie allein ließ und dass sie mich lieb hätte. Die Beamtin nahm mir das jedoch nicht ganz ab und hakte mehrmals nach. Doch ich gab nichts zu. Ich wollte meine Mama unbedingt beschützen.

Im Grunde weiß ich bis heute nicht, ob sie mich des Öfteren allein gelassen hatte und ihre nächtlichen Runden durch diverse Lokale machte oder ob diese eine Nacht eine Ausnahme darstellte. Meine Mutter hat dazu niemals Stellung bezogen. Meine Aussage hat ihr jedenfalls insofern geholfen, als dass sie niemals eine Strafe abzusitzen hatte.

Hinsichtlich meines Vaters gab ich jedoch schon zu, Angst vor ihm zu haben, da er unberechenbar und oftmals auch sehr grob war. Im Nachhinein gesehen war das durchaus mutig von mir. Schließlich wusste ich ja nicht, was mit ihm weiter passieren würde. Ein paar Informationen konnte mir die Beamtin mit ihrem Feingefühl letztlich doch entlocken.

Ehrlicherweise muss man aber auch dazu sagen, dass mein Großvater mütterlicherseits selbst Polizeibeamter war und möglicherweise das eine oder andere „regeln" konnte.

Mein Vater, der anscheinend – wie ich später erfahren hatte – ohnehin nicht mehr bei uns gewohnt hatte, war in jener Nacht natürlich auch nicht anwesend gewesen. Ich bekam ihn generell immer seltener zu Gesicht. Auch er war seiner Aufsichtspflicht nicht nachgekommen. Zwei Erwachsene, die ihr sechsjähriges Kind nicht beaufsichtigt hatten. Nicht gerade das, was man ein vorbildliches Verhalten nennen konnte. Aber auch das interessierte damals offenbar niemanden. Es gab für beide Elternteile, soweit ich das weiß – ich habe mich später sehr intensiv mit meinem Fall befasst – keinerlei Konsequenzen oder gar Strafen für dieses fahrlässige Verhalten. Einzig und allein ihr Gewissen war es, mit dem sie dies alles vereinbaren mussten. Nachdem meine Eltern aber so nüchtern und kühl waren, konnte sie wohl auch das nicht erschüttern. Offenbar hatten beide gelernt, damit umzugehen.

Brief an den Feuerwehrmann

Lieber Herr XY!

Ich begrüße Sie. Sie werden sich vermutlich nicht mehr an mich erinnern. Es ist schon eine Weile her, dass wir einander begegnet sind. Über 45 Jahre, um genau zu sein.
Es war kein romantisches Date, das wir damals am 9. Mai 1974 um 22 Uhr in Wien hatten. Nein, romantisch war es ganz und gar nicht. Aber innig. Für mich zumindest.
Als tatkräftiger, mutiger Feuerwehrmann haben Sie bestimmt vielen Menschen aus größeren oder kleineren Nöten geholfen. Mit Sicherheit mussten Sie auch das eine oder andere Mal über Ihre Grenzen hinausgehen, waren vielleicht manchmal verzweifelt, mutlos, überfordert. Ganz bestimmt jedoch wurden Sie geprägt von dem, was Sie gesehen und erlebt haben. Bestimmt gab es etliche Glücksmomente und Schlüsselerlebnisse, aber auch traurige Niederlagen, nämlich dann, wenn auch trotz größter Anstrengung keine Hilfe mehr möglich war. Ich bin mir sicher, dass im Laufe Ihrer Karriere alles dabei war.
Leider bin ich ein wenig zu spät dran, um Ihnen persönlich meinen Dank auszusprechen. Viele Jahre konnte und wollte ich nicht über dieses Ereignis sprechen und schon gar nicht irgendwelche Nachforschungen anstellen. Nun, da ich endlich dazu imstande bin, ist es leider zu spät. Wie ich vom Magistrat der Feuerwehr und des Katastrophenschutzes erfahren durfte, sind Sie längst in Pension, vielleicht sogar nicht mehr unter uns. Aber selbst dann werden Sie meine Dankesworte in einer

anderen Form übermittelt bekommen. Schließlich liegen alle Sphären parallel zueinander.

Es ist mir wirklich ein großes Bedürfnis, Ihnen, lieber Herr XY, meinen persönlichen Dank auszusprechen. Sie waren im richtigen Moment an der richtigen Stelle. Sie haben nicht aufgegeben, nach mir zu rufen, mich zu finden, mich hochzuheben und mich aus diesem Flammeninferno zu befreien. Es war damals in der Tat sehr knapp für mich. Einige Minuten später wäre es womöglich vorbei gewesen. Ihnen und Ihren mutigen Kollegen habe ich mein Leben zu verdanken!

Ich hätte Sie gerne noch persönlich kennengelernt, Sie umarmt und Ihnen meinen innigsten Dank ausgesprochen. Ich hätte gerne gesehen, welche wunderbare Menschenseele es war, die mein rettender Engel in höchster Not war. Auch wenn ich es persönlich nicht mehr sagen kann, so mache ich es hiermit, mit diesen Zeilen, die ich schreibe, die möglicherweise sogar irgendwann einmal veröffentlicht werden.

Sie stehen stellvertretend für alle Menschen, die sich in den Dienst der Feuerwehr und des Katastrophenschutzes stellen, die täglich durch Mut, Ausdauer und durch den Einsatz ihres eigenen Lebens anderen Menschen helfen und Leben retten. Ihnen und all Ihren Kollegen zolle ich meinen tiefsten Respekt und größten Dank.

In tiefer Verbundenheit,

Ihre Barbara

Danach – Ein neuer Lebensabschnitt

Ich wurde abgeholt. Na endlich! Es waren meine Großeltern. Wir fuhren zu ihnen nach Hause. Ab diesem Moment sollte es auch mein Zuhause sein. Mein neues Zuhause.

Es wurde tunlichst vermieden, das vorausgegangene Geschehen zu erwähnen. Ich wurde auch nicht gefragt, wie es mir ging, was ich empfand, ob ich etwas darüber wissen oder erzählen wollte. Es wurde einfach so getan, als wäre nichts passiert. Ohne das Thema näher zu erörtern, wurde mit einer bestimmten Selbstverständlichkeit zu einem neuen Alltag übergegangen. Einerseits war ich froh darüber, dass ich nicht dazu gedrängt wurde, über das Erlebte zu sprechen, andererseits war es ein eigenartiges Gefühl, so nahtlos in eine andere Welt überzugehen, ohne die Umstände näher zu thematisieren. Ich wurde nicht darüber informiert, dass mein Leben mit jenem Tag einen neuen Lauf nehmen und ich nie wieder in mein altes Zuhause – welches ohnehin komplett zerstört war – zurückkehren würde.

Dass unsere Wohnung im 17. Bezirk tatsächlich vollkommen zerstört war, wusste ich damals jedoch noch nicht. Woher denn auch?

Auf jeden Fall war ich erleichtert, als wir ins Auto stiegen und losfuhren. Das war schon einmal ein erster Schritt in die vermeintliche Freiheit. Ich hatte das Krankenhaus nämlich wie ein Gefängnis empfunden. Es gab dort zu essen, zu trinken und es wurde geschlafen. Mehr gab es nicht. Keine aufmunternden

Worte der Schwestern, keine Therapien oder Gespräche. Obwohl ich wahrlich kein verwöhntes Mädchen war, fand ich diese Tage einfach nur scheußlich und unangenehm. Auch der Spott der anderen Kinder trug nicht gerade zu meinem Wohlbefinden bei.

Wir kamen also in der Wohnung im 12. Wiener Gemeindebezirk an. Ich kannte die Wohnung natürlich, war schon viele Male zu Besuch hier gewesen. Aber eben nur zu Besuch.
Am liebsten mochte ich den Aufzug. Die Zweizimmerwohnung befand sich ziemlich weit oben – ich glaube es war der sechste Stock – und ich hatte immer Spaß daran, mit dem Lift zu fahren. Es war eine für damalige Verhältnisse relativ moderne Wohnung. Es gab ein schönes Badezimmer mit einer Badewanne, einen großen gekachelten Kamin im Wohnzimmer und einen riesigen Balkon. An diesen musste ich mich allerdings erst gewöhnen, denn ich hatte schon damals Höhenangst.

Ich kannte meine Großeltern ganz gut, zumal ich in der Zeit bis zu jenem verhängnisvollen Zwischenfall häufig die Wochenenden bei ihnen verbracht hatte. Sie waren immer nett zu mir gewesen und hatten sich redlich bemüht, die Zeit, die sie mit mir verbrachten, so angenehm wie möglich zu gestalten. Sie unternahmen mit mir Spaziergänge oder lasen mir immer wieder einmal aus einem Buch vor. Ich empfand diese Stunden stets als angenehm und fürsorglich. Außerdem gab es immer genügend und vor allem auch leckeres Essen. Meine Oma konnte wirklich gut kochen und backen. Ständig war ich bei ihr in der Küche, um aufmerksam zu beobachten, was vor sich ging.

Mein Opa zeigte mir mein neues Bett. Sie hatten tatsächlich ein richtiges Bett für mich gekauft! Es war ein Klappbett mit einer äußerst weichen Matratze. Man konnte es links und rechts hochklappen und es hatte Räder, sodass man es wegschieben und platzsparend verstauen konnte. Damit es optisch besser wirkte, hatte meine Oma aus einem schönen Stoff einen „Umhang" dafür genäht, der das Bett zur Geltung brachte. Nachdem die Wohnung nicht besonders groß war, musste man kreativ sein, um den Platz maximal auszunützen.

Ich bewunderte alles und freute mich richtig darüber. Für den Anfang fühlte ich mich ganz wohl. Alles hatte plötzlich eine Ordnung. Meine Großeltern hatten sich wirklich bemüht, mir mein neues Umfeld so angenehm und positiv wie nur möglich zu gestalten. Trotzdem spürte ich innerlich, dass irgendetwas anders war. Ich traute mich vorerst aber nicht näher nachzufragen, ahnte, dass es nicht der richtige Zeitpunkt dafür war. Ich hielt mich zurück und versuchte, mich an die neue Umgebung und die damit verbundenen Regeln zu gewöhnen. Obwohl ich eigentlich alles kannte, war es doch eine große Umstellung.

Vor allem die Ungewissheit setzte mir zu. Ich wusste nicht, was mit meinen Eltern los war, wo sie lebten oder was aus der alten Wohnung geworden war. Generell wusste ich nicht, was aus meinem alten Leben geworden war. Was die Sachlage zusätzlich erschwerte, war, dass sich niemand wirklich bemüßigt fühlte, sich bewusst mit mir auseinanderzusetzen.

Mir fehlte eine Vertrauensperson, die mit mir darüber sprach, was mich beschäftigte und innerlich bewegte. Mir fehlte jemand, der voll und ganz für mich und mein Schicksal da war.

Jemand, der keine Scheu davor hatte, mit mir über meine Gedanken, meine Wünsche und allem voran über meine tiefliegenden Ängste zu sprechen.

Niemand sprach Klartext mit mir. Keiner wollte mir die Wahrheit sagen, mir den Sachverhalt so erklären, dass ich ihn in meinem jungen Alter verstehen konnte. Es war wie bei einem Puzzle, bei dem die letzten Teile fehlten, um ein Großes Ganzes zu erkennen.

Im Nachhinein gesehen muss ich meinen Großeltern zugutehalten, dass sie ihr bestes versucht hatten. Sie gaben sich Mühe, mir ein heimeliges Nest zu bauen. Sie taten dies mit bestem Wissen und Gewissen. Immerhin stellten sie ihr eigenes Leben vollkommen um und nahmen sich meiner mit einer gewissen Selbstverständlichkeit an. Sie wollten mich vor einem noch schlechteren Leben schützen, einem noch größeren Chaos, als es vor dem Feuer ohnehin schon war, wenngleich sie viele Details nicht einmal wussten. Im Grunde hatten sie keine Ahnung, was sich in unserem alten Zuhause tatsächlich abgespielt hatte. Sie wussten nichts von den desolaten Verhältnissen, den Alkoholexzessen oder der verbalen und nonverbalen Gewalt.

Sie hatten vermutlich auch ein schlechtes Gewissen, weil sie sich für das Verhalten ihrer Tochter in gewisser Weise ebenfalls schuldig fühlten. Erst viele Jahre später teilten sie mir ihre damaligen Vermutungen mit, welche ich ihnen leider bestätigen musste. Sie waren äußerst überrascht darüber, was sie alles durch meine offenen und ehrlichen Worte erfuhren.

Meine Mutter war niemals für ihr Vergehen, mich als sechsjähriges Kind nachts allein in der Wohnung eingeschlossen zu haben oder gar für den möglichen Verdacht einer fahrlässigen Tötung, bestraft worden. Mein Großvater dürfte damals aufgrund seiner beruflichen Stellung ein wenig interveniert haben, um Schlimmeres abzuwenden. Ich wäre meiner Mutter wahrscheinlich abgenommen worden. Die Tatsache, dass das Sorgerecht dann vermutlich meinem Vater zugesprochen worden wäre, wollten meine Großeltern mit aller Kraft verhindern.

Nachdem sich auch mein Vater in keiner Weise um mich gekümmert hatte, war dies bestimmt eine gute Lösung. Denn wer weiß, wo ich sonst gelandet wäre. Mein Vater hatte damals nämlich weder eine Wohnung noch eine berufliche Anstellung. Möglicherweise wäre ich, wenn es keine andere Einigung gegeben hätte, in ein Kinderheim gekommen. Somit war der Entschluss meiner Großeltern, sich meiner anzunehmen, die beste Lösung. Vor allem für mich.

Mein Vater und meine Großeltern hassten einander gleichermaßen. Meine Eltern hatten sich angeblich bereits einige Monate vor dem Wohnungsbrand getrennt. Ihr Kurzbesuch im Krankenhaus war nur eine Alibihandlung, um ihr eigenes Gewissen ein weniger heller erscheinen zu lassen. Der gute Schein überaus fürsorglicher Eltern sollte gewahrt bleiben.

Dass beide Elternteile keinerlei Interesse an mir hegten und im Grunde äußerst froh waren, nun ohne Verantwortung für ein Kind leben zu können, verstand ich damals natürlich noch nicht.

Vielleicht tat es ihnen aber auch leid, dass sich die Dinge auf eine sehr unschöne Art zugetragen hatten.

Die Tatsache, dass ich nun bei meinen Großeltern lebte, ermöglichte meinen Eltern eine sorgenfreiere Zukunft. Dass wahrlich kein Interesse an mir, ihrem einzigen Kind, bestand, zeigte der Fakt, dass es zu keinen weiteren Zusammenkünften, Treffen oder einer gemeinsamen Lebenssituation kam.

Sie konnten von da an endlich ihr eigenes Leben leben. Anfangs zwar eher schlecht als recht, da beide nichts hatten – keinen Job, kein Geld, keine Wohnung. Aber sie hatten ihre Ruhe und keine weiteren Verpflichtungen. Sie hatten sich meiner ein für alle Mal entledigt. Sowohl damals als auch heute war und bin ich ihnen vollkommen gleichgültig.

Lange Zeit konnte ich das nicht verstehen und auch nicht akzeptieren. Ich war stets voller Hoffnung, dass irgendwann der Zeitpunkt kommen würde, an dem meine Familie wieder zusammengeführt werden konnte. Doch diese Hoffnung war wohl sehr einseitig.

Kinder nehmen lieber eine schlechte, ja sogar schmerzliche, familiäre Situation in Kauf, als gar keine Eltern um sich zu haben. Ich selbst hatte immer wieder versucht, meine Mama zu schützen. Es war mir lieber, eine alkoholisierte Mutter zu haben, die sich nicht wirklich um mich kümmerte, als gar keine. Ich akzeptierte lieber einen Vater, der schrie und tobte und auch vor gewalttätigen Handlungen nicht Halt machte, als gar keinen Vater zu haben. Rational gesehen ist das total verrückt, doch ein Kind schmerzt es noch viel mehr, überhaupt keinen Kontakt zu seinen Eltern zu haben.

Meine Oma hatte ihre Arbeitsstelle gekündigt, um bei mir zu Hause zu bleiben – was ihr nicht ungelegen kam, da sie einen körperlich sehr anstrengenden Job in einer Strickerei hatte. Mein Opa wechselte beruflich von der Polizei zum Zoll. Das bedeutete geregeltere Arbeitszeiten für ihn. Finanziell ging es uns ziemlich gut, selbst mit einem Einkommen konnten wir gut leben.

Meine Großeltern hatten es in ihren jungen Jahren nicht leicht. Beide mussten schwer arbeiten und hatten dadurch nicht viel Zeit für ihre einzige Tochter. Vielleicht wollten sie nun wieder etwas „gut machen", indem sie sich jetzt ausreichend Zeit für mich und meine Zukunft nahmen.

Eine gewisse Ruhe und Regelmäßigkeit kehrte in meinen neuen Alltag ein. Und dennoch fehlte etwas. Etwas Entscheidendes. Mein Umfeld dachte, wenn über die vergangenen Geschehnisse einfach nicht gesprochen würde, dann würde die Zeit schon ihr Gutes tun und die seelischen Wunden würden langsam von selbst heilen. Ein fataler Irrtum, wie ich viele Jahre später am eigenen Leib erfahren sollte.

Ich weiß es bis heute nicht und ich kann auch nicht mehr nachfragen, ob alle Beteiligten damals tatsächlich dachten, dass alles so einfach vom Tisch zu wischen wäre oder ob sie sich einfach nur selbst belogen. Da der Mensch ein Meister im Verdrängen ist, war man vielleicht der Ansicht, dass irgendwann alles vergessen und somit vorbei wäre.

Aufgrund dessen, dass ich ganz „normal" schien und mich wie jedes andere Kind weiterentwickelte, gingen alle davon aus, dass ich mein heftiges Kindheitstrauma weggesteckt hatte. Ich wurde für schultauglich gehalten und somit im September eingeschult. Das Leben hatte seinen Lauf genommen. Ich hatte langsam begriffen, dass diese Umstände, nämlich bei meinen Großeltern zu wohnen, von nun an wohl so bleiben würden.

Nachdem die anderen versuchten, alles zu verdrängen, versuchte ich es auch. Vollkommen töricht und eigentlich absolut unverantwortlich. Heute gilt es als absolutes „Muss", als eine Selbstverständlichkeit, dass Menschen – allen voran Kinder – nach derart massiven Lebenseinschnitten oder Katastrophen fachgerecht betreut und begleitet werden. Das ist auch gut und vollkommen richtig so. Heute haben Kinder zum Glück einen höheren Stellenwert als seinerzeit.

Heute noch bin ich fassungslos, dass sich damals niemand meiner Familienmitglieder Gedanken gemacht hatte. Dass sich diese Erlebnisse in mein Innerstes eingebrannt hatten und dass meine kleine Seele oftmals unendlich traurig und verletzt war. Nach außen hin war ich ein Sonnenschein – fröhlich, aufgeweckt und wissbegierig. Ich sprach und spielte mit anderen Kindern, als wäre alles immer genauso gewesen, als wäre niemals etwas schiefgelaufen. Ich war dankbar, wusste die neue Lebenssituation sehr zu schätzen. Ich erlebte ein vollkommen neues Leben – fühlte mich quasi wie neugeboren.

Ich ließ mir damals schon nichts von meinen qualvollen Ängsten anmerken, von den bösen Monstern, die immer abends, wenn es dunkel wurde, zum Vorschein kamen. Sie tanzten vor meinem inneren Auge, waren riesig und unheimlich. Sie erschreckten mich, machten sich breit und grinsten mir schamlos ins Gesicht. Sie äußerten sich in fürchterlichen Fratzen und versuchten mich klein zu machen und zu unterdrücken.

Tränen standen mir dann oft in den Augen, doch ich wollte sie nicht zulassen und wischte sie zornig weg. Ich wollte das alles nicht sehen und wahrhaben. Ich schämte mich sogar dafür. Mit aller Kraft versuchte ich, diese Bilder zu unterdrücken, immer und immer wieder. Doch sie kamen zurück und verfolgten mich. Jede Nacht. Jahrelang.

Manchmal wollte ich sogar um Hilfe schreien, wenn ich nach einem schlimmen Traum aufwachte. Aber ich hielt mich stets zurück, versuchte tapfer zu sein und erzählte niemandem davon. Ich wollte weder Fragestellungen riskieren noch unnötige Schwierigkeiten machen. Ich blieb standhaft und behielt mein inneres Martyrium für mich. Dass sich dies irgendwann einmal rächen sollte, erfuhr ich erst Jahrzehnte später.

Die Hauptsache für mich war damals, dass andere stolz auf mich und meine Tapferkeit waren. Ich glaubte fest daran, wenn ich lieb, brav und nett wäre, dann würden mich auch die anderen lieben. Wenn ich mein Bestes gäbe, dann würden die anderen auch mir ihr Bestes entgegenbringen. Im Grunde suchte ich ständig nur nach ein wenig Sicherheit und Anerkennung. Wie naiv das von mir war, sollte auch noch zu meinen Lernprozessen gehören.

Der Sommer verlief ruhig, wir machten Ausflüge oder gingen ins Schwimmbad. Meine Großeltern bemühten sich, ihren Alltag dahingehend umzustellen, sodass nun ein Kind die zentrale Rolle in ihrem „neuen" Leben spielte.
Der Bekanntenkreis meiner Großeltern bestand nur aus Paaren. Die Besuche gestalteten sich demnach für mich eher als langweilig. Wieder war ich allein und musste mich erneut mit mir selbst beschäftigen.

Etwas einfacher wurde es dann, als ich im Herbst eingeschult wurde. Die eine oder andere Schulfreundschaft entstand und auch die Freundschaft zu einem Buben aus der Nachbarschaft wurde ein wichtiger Bestandteil meines neuen Lebens. Lesen und Schreiben faszinierte mich von Anfang an, das Rechnen hingegen zählte nicht zu meinen Lieblingsfächern.

Die Nachmittage verbrachte ich vorwiegend im Park vor unserem Wohnhaus, wo man herrlich Rollschuhlaufen, Radfahren oder auf dem Spielplatz herumtoben konnte. Unsere Spiele beschränkten sich auf sehr einfache Dinge und Naturmaterialien, die günstig und dennoch lustig waren. Wir waren kreativ und konnten wunderbar miteinander spielen.
Zu meinen größten – jedoch stets unerfüllten Wünschen – zählte damals ein Go-Kart. Ich liebte das Autofahren und wollte daher immer ein solches Gefährt haben. Kaum stand irgendwo ein unbemanntes Teil dieser Art, saß ich auch schon darin und

kurvte herum. Man musste schließlich die Gelegenheit beim Schopf packen. Da meine Großeltern in vielerlei Hinsicht ziemlich altmodisch waren, kam ein Go-Kart für ein Mädchen aber nicht in Frage. Das war wieder mal einer ihrer Standpunkte, gegen die sich aufzulehnen verlorene Liebesmühe war.

Sie sahen es lieber, wenn ich mich „wie ein Mädchen" verhielt und mit Puppen spielte. Das Schieben eines Puppenwagens war jedoch nicht so ganz mein Ding und ich ließ es auch bald bleiben, nachdem ich damit im Park einen alten Herrn, der stark gehbeeinträchtigt war und nur mit zwei Stöcken gehen konnte, umgefahren hatte. Ich hatte im Zuge des Plauderns mit einem anderen Kind den Mann vor mir übersehen und schob den Puppenwagen genau in seine Kniekehlen. Er stürzte und konnte nur mit Hilfe einiger Passanten wieder zum Stehen gebracht werden.

Die verlängerten Wochenenden, in weiterer Folge auch die Ferien, verbrachte ich gerne im nördlichen Waldviertel. Da meine Familie von dort stammt, gab es einige Verwandte, die wir regelmäßig besuchten. Vor allem bei einer Tante verbrachte ich meine Zeit am allerliebsten. Sie zählte zu den wichtigsten und liebsten Menschen in meinem Leben. Sie hatte es tatsächlich geschafft, mir eine gewisse Leichtigkeit zu vermitteln. In ihrer Nähe fühlte ich mich absolut geborgen.

Sie besaß ein altes, ganz bescheidenes, kleines Haus in einem kleinen Dorf direkt am Waldrand. Hier lernte ich, in und vor allem mit der Natur zu leben. Meine Tante hatte nicht viel zum Leben und bekam nur eine kleine Pension. Sie versorgte sich großteils selbst mit dem, was sie in ihrem Garten anpflanzte.

Das Holz zum Heizen sammelte sie im Wald. Es gab weder Warmwasser noch eine Toilette im herkömmlichen Sinn, keinen Kühlschrank und auch keinen Gartenschlauch. Wir mussten jeden Liter Wasser am Ofen erwärmen, Nahrungsmittel wurden im Keller eingekühlt und der riesige Garten wurde mit der Gießkanne gegossen. Der einzige Besitz meiner Tante war eine Waschmaschine und ein uralter, gebrauchter Fernseher.

All das störte mich überhaupt nicht. Ich genoss die Zeit dort sehr. Sie zählt für mich zu den allerschönsten Erinnerungen und hat mich auf wunderbarste Weise tief geprägt. Von meiner Tante konnte ich sehr wertvolle Dinge lernen und erfahren, die ich noch heute dankend und wertschätzend in mein Leben integrieren kann. Das Leben bei ihr verbinde ich wahrhaftig mit Freiheit.

Der korrekte und neu strukturierte Lebensstil bei meinen Großeltern in Wien war das Gegenteil zu dieser Wildheit, zu diesem unbeschwerten Dasein auf dem Land. Anfangs war es noch nicht so repressiv, doch im Laufe der Jahre wurden die Regeln und Richtlinien immer strenger. Es forderte oftmals großes Verhandlungsgeschick und Durchhaltevermögen, meinen Wunsch, die Ferienzeit am Land zu verlängern, durchzusetzen.

Adoption

Zu meinen Eltern hatte ich seit dem Zwischenfall keinen Kontakt mehr. Beide Elternteile gingen ihren eigenen Weg und interessierten sich kein bisschen für das Leben ihrer Tochter.
Meine Großeltern stellten somit einen Antrag auf Adoption. Zumal meine Mutter kein Sorgerecht mehr für mich hatte und auch mein Vater nicht gerade Interesse an mir bekundete, kam es im Jahr 1977 tatsächlich zur Adoption. Beide Elternteile hatten mich sozusagen freigegeben und zeigten sich damit einverstanden, dass ich von nun an den Nachnamen meiner Großeltern tragen sollte und vollständig an Kindesstatt angenommen wurde. Es schien, als wäre dies die einfachste und praktischste Lösung für alle Beteiligten.
Meine leiblichen Eltern waren von jeglichen Pflichten entbunden. Ausgehandelt wurde ein Besuchsrecht, das beide Elternteile jedoch nicht in Anspruch nahmen. Ich war ihnen als Tochter, als ihr eigenes Kind, nicht wichtig genug, um meinen Lebensweg weiter zu verfolgen, geschweige denn daran teilzuhaben oder auch nur irgendwie mit mir in Kontakt zu treten.

Selbstverständlich wusste ich vorab nichts von einem Adoptionsantrag. Ich wurde einfach vor vollendete Tatsachen gestellt, als es soweit war. Wieder einmal. Ich kam von der Schule nach Hause und beim Essen wurde mir ganz nebenbei mitgeteilt, dass ich von nun an einen anderen Nachnamen tragen würde und meine Eltern nicht mehr meine Eltern wären.

Mir blieb beinahe der Bissen im Hals stecken. „Warum das…?", hakte ich vorsichtig nach.

Natürlich, meine Eltern hatte ich lange nicht mehr gesehen und auch kein Lebenszeichen von ihnen erhalten, doch was war das denn jetzt? Ich verstand das damals mit meinen neun Jahren nicht. Über unangenehme Dinge wurde in unserer Familie ohnehin nie gesprochen.

Erst hatte ich mein Zuhause verloren, dann hatten sich meine Eltern einfach aus meinem Leben verabschiedet und nun das? Ich war nicht nur verunsichert, was das nun wieder mit sich bringen würde, ich war auch wütend, weil ich das alles nicht verstand. Ständig wurde etwas über meinen Kopf hinweg entschieden und ich wurde nur vor vollendete Tatsachen gestellt. Alle wussten immer besser, was für mich gut und richtig war. Ok, ich war noch klein, doch ich wollte wenigstens gefragt und über anstehende Dinge aufgeklärt werden. Das war doch wirklich nicht zu viel verlangt. Immerhin ging es hier um mich! Mein Leben. Meine Zukunft. Da hatte ich doch auch etwas mitzureden!

Ich fragte nach, schließlich kannte ich das Wort „Adoption" nicht. Es war noch nicht in meinem kindlichen Vokabular vorhanden. Ich wollte eine genauere Beschreibung haben, was das im Detail bedeutete. Mein Großvater druckste etwas herum und wollte so rasch wie möglich aus dieser auch für ihn etwas prekären Situation herauskommen. Er meinte dann kurz, dass sie nun meine rechtmäßigen „neuen" Eltern wären und ich für immer bei ihnen bliebe. Das musste ich erst einmal verdauen.

Ich meine, dass ich bei ihnen war, war im Grunde ganz in Ordnung. Aber für immer? Ich wollte wissen, wenn sie meine neuen Eltern wären, wo denn dann meine „richtigen" Eltern hingekommen wären. Ich wusste zwar, dass meine Mama irgendwann spät abends einmal auf Besuch gewesen sein musste, weil ich ihre Stimme gehört hatte, aber ich traute mich damals nicht, aus meinem Bett aufzustehen und ins Wohnzimmer zu gehen.

Ich hinterfragte auch, ob meine Eltern das ebenfalls alles so wollten. Mein Großvater bestätigte dies und erklärte mir, dass eine Adoption für alle das Beste wäre.

Ich hatte meine Eltern doch trotzdem lieb! Ja sicherlich, unsere Wohnung, unser Leben war ein einziges Chaos gewesen. Aber diese Umstellung war trotzdem sehr heftig für mich. Mein Großvater erklärte mir weiters, dass meine Mama sehr wohl meine Mama bleiben würde – körperlich gesehen aber gesetzlich eben nicht mehr. Das bedeutete, jede Entscheidung würde ohne sie und ihre Zustimmung getroffen werden.

„Und weiß die Mama das auch alles?", fragte ich. „Ja, sie weiß das und sie wollte das auch so. Sie hat dem zugestimmt. Sie wollte das Beste für dich und deine Zukunft und sie wusste, dass sie dir das nicht geben kann." Etwas befangen und ratlos stand ich da und musste akzeptieren, was ich da zu hören bekam. Was blieb mir auch anderes übrig?

„Und mein Vater?", wollte ich weiters wissen. „Weiß der auch Bescheid über diese Abmachung?" Ich meine, ich hatte ohnehin immer irgendwie Angst vor ihm. Er war sehr unberechenbar. Leider ging er mit mir und vor allem mit meiner Mama nicht gerade sachte um. Er war immer mit einer Portion Aggressivität und Ungeduld geladen. Da genügte ein falsches Wort und er brachte seinen Unmut lautstark zum Ausdruck.

Mein Großvater bestätigte mir, dass auch er in Kenntnis gesetzt worden war und einverstanden war, den Vertrag zu unterschreiben. Auch er hatte ein Besuchsrecht erhalten, dieses jedoch niemals genützt.

Na gut. Das war es dann eben. Die Adoption als endgültiger Schritt in eine vollkommen neue Lebensphase. Nichts ist nur negativ oder nur positiv. Es war eine gute Lösung für eine ziemliche schräge Situation.

Wenngleich ich die bestmögliche Chance auf ein neues, behutsameres Leben erhalten hatte, so war es für mich trotz allem immer noch eine äußerst schwierige und unangenehme Situation, an die ich mich erst gewöhnen musste. Oftmals schämte ich mich für meine Familie und die damit verbundenen widrigen Zustände.

Das gekonnte Verdrängen der Geschehnisse aller Beteiligten führte irgendwann dazu, dass es innerlich in mir zu brodeln anfing. Mein Körper begann Wege zu suchen, um sich Gehör zu verschaffen. Situationen der von mir empfundenen Machtlosigkeit beherrschten mich und führten mich zusehends in eine seelische und körperliche Ohnmacht.

Es war für mich nicht angenehm zu sehen, wie andere Kinder mit ihren Eltern und Familien lebten. Die Umstände nagten innerlich an mir. Ich litt jedes Mal darunter, wenn andere Kinder mich fragten, warum ich denn bei meinen Großeltern lebte und nicht bei meinen Eltern. Immerhin war ich bereits in der dritten Klasse Volksschule, als ich einen neuen Familiennamen erhielt. Ich konnte und wollte ihnen nicht die Wahrheit sagen. Irgendwie war mir das alles unglaublich peinlich.

Einige Kinder belächelten mich, machten sich insgeheim lustig über mich und meine Familienverhältnisse. Auch manche Eltern meiner Klassenkameraden fanden die Situation etwas eigenartig, was sich dann in den Bemerkungen der Kinder widerspiegelte. Manche Kommentare dieser Eltern führten sogar dazu, dass ihre Kinder nicht mehr mit mir spielen oder zusammen sein wollten. Eher durften. Da waren ordentliche Ausgrenzungsmanöver dabei, die mich ebenfalls sehr verunsicherten. Ich konnte es vor allem nicht verstehen, da das alles nicht meine Schuld war. Doch ich fühlte mich permanent schuldig! Schuldig für Situationen, auf die ich keinen Einfluss hatte und für die ich nichts konnte. Das tat mir sehr weh, doch ich konnte dem allen nicht entfliehen – obwohl ich mir das oft innigst gewünscht hatte. Ich hatte mir sogar schon im Kopf ausgemalt, wie das wohl wäre, wenn ich einfach davonlaufen würde. Weg von alledem! Der Plan war zwar da, doch der Mut dazu fehlte letztendlich. Durchgespielt hatte ich diese Gedanken bis zur Pubertät viele Male. Probiert hatte ich es jedoch nie. Dazu hatte ich viel zu viel Angst vor der äußerst strengen Autorität meines Großvaters.

Der Verlauf meines Lebens machte etwas mit mir, mit meinem Selbstwert. Ich fühlte mich nirgends wirklich zugehörig, hatte keine Wurzeln, keine Integrität, kein wirkliches Zuhause. Ich fühlte mich oft sehr einsam und verloren in der großen Welt.

Dennoch wollte und durfte ich nicht unzufrieden sein, schließlich hatte ich jetzt ein besseres Zuhause als zuvor. Ich durfte nun zwar gut behütet in einem seriösen Umfeld aufwachsen, doch es fehlte weiterhin etwas ganz Gravierendes. Nach außen schien alles wunderbar, eitel, schön. Doch die Liebe und Wertschätzung fehlte weiterhin. Ich hatte zwar alles, was ich zum Leben benötigte, doch die Gefühle blieben neuerlich auf der Strecke. Umarmungen, Lob und Empathie standen nicht an der Tagesordnung. Lediglich Pflichtbewusstsein, Fleiß und eine perfekte Darstellung eines überaus korrekten Lebens für das Außen. Der Schein wurde weiterhin hervorragend gewahrt.

Adoleszenz – Der goldene Käfig

Mein Leben ging auch nach all diesen schockierenden Ereignissen weiter. Was auch sonst? Der Schmerz kapselte sich langsam immer mehr ein und wurde zu einem harten Kern. Rundherum bildete sich ein schwammiges Etwas – weich, formbar und anpassungsfähig. Gerade jetzt, wenn ich das alles durchgehe und niederschreibe, wird mir dies einmal mehr bewusst.

Wir waren nach Beendigung der Volksschule nach Baden gezogen. Es war also auch ortsmäßig eine erneute Veränderung. Jedoch eine, die ich liebte. Ich liebte diese Stadt von Anfang an. Hier fühlte ich mich wirklich zu Hause. Ich konnte meine Geburtsstadt hinter mir lassen und ein weiteres Mal neu beginnen.

Das Allerschönste an dieser neuartigen Situation war, dass ich nun endlich mein eigenes Zimmer, mein eigenes kleines Reich hatte. Ich hatte endlich einen Ort, an den ich mich zurückziehen und meinen Träumen nachhängen konnte.
In Bezug auf die Anschaffung meiner Zimmermöbel hatte ich keinen Einfluss, die wurden nach dem Geschmack meiner Großeltern gekauft. Ich fand sie ein wenig zu dunkel. Wenn es nach mir gegangen wäre, hätte ich mir damals ein richtiges Himmelbett gewünscht, mit Vorhängen zum Zuziehen. Mit dem Hintergedanken, mich noch besser verstecken und zurückziehen zu können. Wäre ich gefragt worden, hätte ich mein Zimmer vermutlich ganz anders eingerichtet. Doch darum

ging es mir letztlich gar nicht. Ich war einfach nur wahnsinnig glücklich, überhaupt endlich ein Zimmer ganz für mich allein zu haben. Hauptsache, ich konnte auf Tauchstation gehen, wann und vor allem so oft ich wollte. Das ging sogar so weit, dass ich oftmals gar nicht aus meinem Zimmer herauskam. Gerade einmal zu den Mahlzeiten. Ich wollte einfach nur allein sein. Ich brauchte niemanden.

Ich hatte zwar meine Schulfreundinnen, aber nachmittags war ich am liebsten mit mir allein. Ja klar, hin und wieder besuchte ich eine Freundin oder wir gingen zusammen in die Innenstadt zum Herumflanieren. Mit unserem Taschengeld kauften wir dann kleine Accessoires, die jungen Mädchen eben gefallen, gingen Eis essen oder spazierten im Kurpark umher. Wir führten dann typische Teenagergespräche und plauderten über unsere Zukunftsträume.

Es gab nur eine wirklich echte, innige Freundin, die von meiner „dunklen" Vergangenheit wusste. Sonst erzählte ich niemandem davon. Im Laufe der Jahre rückten diese Geschehnisse aber zunehmend in den Hintergrund, waren irgendwann nicht mehr präsent. Ich hatte alles perfekt verdrängt.

Ich besuchte das Realgymnasium in Baden, damals noch eine reine Mädchenschule. Ich war gerne dort. Natürlich mochte ich manche Schulfächer weniger – beispielsweise Mathe. Deutsch, Sport oder Kreatives hatten einen weit höheren Stellenwert bei mir. Sport mochte ich sehr, immerhin war ich Leistungsturnerin, leidenschaftliche Schifahrerin und auch sonst jeglichen sportlichen Aktivitäten gegenüber offen. Doch selbst hierbei wurden von meinen Großeltern Spielregeln aufgestellt. Sie entschieden, was ich wann, wo und wie machen durfte. Stets war ich ihrer Großzügigkeit unterworfen.

Meinen Träumen, Vorstellungen und Sehnsüchten versuchte ich in Form von Kreativität freien Lauf zu lassen. Schon früh entdeckte ich das Schreiben für mich und brachte dadurch meine Gedanken zum Ausdruck. Dies veranlasste meine Großeltern dazu, meine Tagebücher, meine Geschichten und auch die Briefe an einige Brieffreundinnen heimlich zu lesen. Sie setzten sich im Grunde in allen Bereichen über mich als eigenständige Persönlichkeit hinweg. Sie versuchten meine Geheimnisse zu ergründen, obwohl sie kein Recht dazu hatten. Sie hatten keinen Respekt vor meiner privaten, intimen, eigenen Welt. Sie wollten einfach nicht verstehen, dass es Bereiche, Orte oder Situationen gab, an denen sie nichts verloren hatten.
Sie wollten mich behüten, beschützen, bewachen, waren der Meinung, dass sie es diesmal, bei ihrer „zweiten" Tochter, besser machen müssten. Es wurde schlichtweg nicht akzeptiert, dass ich Geheimnisse hatte, die eben niemanden etwas angingen. Sie kontrollierten mich. Wenngleich ihnen das vielleicht gar nicht so bewusst war. Trotzdem gilt das nicht als Entschuldigung dafür. Einmal mehr setzten sie sich über mein Leben, mein Ich, einfach hinweg. Natürlich bemerkte ich dies nicht umgehend, sondern erst im Laufe der Zeit, als es zu Aussagen über Dinge kam, die sie eigentlich gar nicht wissen konnten. Ich wurde stutzig und hinterfragte dies immer mehr.

Von da an erzählte ich überhaupt nichts mehr und besorgte mir Tagebücher, die man mit einem kleinen Schloss verriegeln konnte. Immer wieder schrieb ich auch imaginäre Briefe an meine Mama. In meiner Phantasiewelt war ich mit ihr verbunden und erzählte ihr von meinen kleinen Mädchenproblemen. Mit wem hätte ich diese denn sonst besprechen sollen? Mit meiner Oma? Leider nein. Ich empfand sie als äußerst konservativ und relativ emotionslos. Sie wäre die Letzte gewesen, der ich meine geheimsten Mädchensorgen anvertraut hätte. Somit musste ich eben imaginär an meine Mama schreiben. Auch wenn die Briefe niemals abgeschickt wurden, so schrieb ich sie trotzdem. Ich träumte davon, dass sie diese Briefchen lesen und beantworten würde. Zu Weihnachten und zum Geburtstag hatte ich immer darauf gehofft und gewartet, dass sie mir schreiben oder mir sogar ein Päckchen schicken würde.

Nach der vierten Klasse im Gymnasium wurde ich zu meinem Leidwesen kurzerhand abgemeldet, obwohl ich dort maturieren wollte. Ich sollte die Handelsakademie besuchen. Es wurde – wie könnte es auch anders sein – entschieden, dass dies der beste Weg für mich und meine Zukunft wäre. Wieder einmal wussten alle anderen besser, was für mich angeblich gut war. Oder sagen wir, sie glaubten es zu wissen.

Meine Großeltern, allen voran mein Großvater, bildete sich genau diese Schule ein. Ich sollte seinen Traum wahr werden lassen, musste diese Ausbildung machen, die er für die beste und vollkommen richtige hielt. Da er selbst in der Schule versagt hatte, sollte ich es „besser" machen. Das Problem war nur, dass ich absolut keine kaufmännische Ausbildung machen wollte. Aber auch in dieser Angelegenheit hatte ich keine Chance. Mein Bitten und Flehen wurde nicht erhört.

In meiner Verzweiflung versuchte ich es bei meiner Großmutter, auch wenn sie bei wichtigen Entscheidungen nicht wirklich viel mitzureden hatte. Ich flehte sie förmlich an, sie möge es meinem Großvater doch schonend beibringen, dass ich nicht in diese Schule gehen wollte. Sie warf mir einen lieblosen Blick zu, drehte sich wortlos um und ging. Sie ging einfach! Ohne eine Antwort! Ich war mit meinen 14 Jahren wirklich schockiert über ein derart herzloses Verhalten.

Sie zwangen mich tatsächlich etwas zu lernen, das mir schon im Vorfeld absolut zuwider war. Ich wurde also angemeldet und besuchte einige Jahre die Handelsakademie. Bis zur Matura habe ich aber nicht durchgehalten. Irgendwann während der Pubertät wehrte ich mich massiv gegen diese Schule und konnte eine Einigung herbeiführen. Ich schloss lediglich die Ausbildung an der Handelsschule ab, die zwei Jahre kürzer dauerte als die Handelsakademie. Die Matura holte ich erst viele Jahre später, neben Beruf und Familie, und vor allem unter weitaus schwierigeren Bedingungen nach. Es hätte wesentlich einfacher laufen können, sofern man meine Wünsche damals respektiert hätte.

Dieser rote Faden zog sich durch all die Jahre, die ich bei meinen Großeltern lebte. Es wurde generell vieles über meinen Kopf hinweg entschieden, wobei mein Großvater hier federführend war. Er nahm sich heraus, alles besser zu wissen, was mich, meine Wünsche, Träume und Ziele betraf. Er mischte sich in alle persönlichen Angelegenheiten ein. Rigoros wurde vorgegeben, was ich zu tun und lassen hatte.

Von einer chaotischen Machtlosigkeit schlitterte ich also in eine überbehütete Machtlosigkeit. Ich kann nicht sagen, welche die bessere oder schlimmere war. Im Grunde war es völlig egal, wie man diese Ohnmacht bezeichnete. Es war eben eine „Ohne-Macht"-Lebenssituation. Eine Macht, die man unwillentlich abgelegt hatte.

Irgendwann ließ ich es sein, mich gegen die Regeln meiner Großeltern aufzulehnen oder Gegenargumente zu bringen, da es ohnehin keine Chance auf Veränderung oder gar Verbesserung gab. Ich nahm einmal mehr die Dinge zu Kenntnis wie sie waren, kostete es mich doch nur unnötig Energie, dagegen anzukämpfen.

Man lernt, Situationen zu akzeptieren, sie anzunehmen, sich abzuschotten, nicht bewusst darüber nachzudenken – als eine Art Schutz, ein Selbstschutz. Man nimmt hin, was man zu diesem Zeitpunkt ohnehin nicht ändern kann. Ich war zwar stets hart im Nehmen, ohne dass ich danach getrachtet hätte, doch ich war niemals eine große Revoluzzerin. Vielleicht wäre ich das gerne gewesen, doch dazu fehlte mir der Mut. Mein abgespeichertes Muster war jenes des Rückzugs. Ich hoffte, dass irgendwann der richtige Zeitpunkt kommen würde, um auszubrechen, zu flüchten. Eine Flucht vor den herrschenden Umständen. Doch wohin? Egal, Hauptsache weg.

Mit meinen pubertierenden 15 oder 16 Jahren durfte ich zwar die Tanzschule besuchen, doch um Punkt 22 Uhr wurde ich bereits vor der Tür von meinem Großvater abgeholt. Wie war mir das unangenehm! Ich schämte mich vor meinen Freundinnen und noch mehr vor den jungen männlichen Tanzanwärtern. Niemand außer mir wurde direkt vor der Tanzschule abgeholt. Alle anderen gingen in Kleingruppen in andere Lokale, ins Kino oder sonst irgendwo hin. Nur ich musste brav und sittsam nach Hause fahren. So gerne wäre ich mit den anderen mitgegangen, um meine Jugend ebenfalls auszuleben. Aber ich durfte weder in die Disco noch in andere Lokale, musste Rechenschaft ablegen, mit wem ich mich treffen wollte. Ein goldener Käfig eben.

Natürlich gab es damals auch noch kein Handy, lediglich ein Festnetztelefon. Und das stand genau im Wohnzimmer. Das bedeutete, sobald ich telefonieren wollte oder jemand mich gar anrief, hörten alle mit. Nicht gerade die Privatsphäre, die man sich als Teenager wünscht. So konnten keine Geheimnisse entstehen. Ich empfand dies beinahe wie eine Diktatur. Einer gab den Ton an, die anderen tanzten danach. Ich weiß, es war nicht böse gemeint. Meine Großeltern wollten nur vermeiden, dass auch mein Leben aus dem Ruder lief. Sie wollten nicht noch einmal das Gefühl bekommen, bei der Erziehung versagt zu haben. Doch die Zügel, die sie bei meiner Mutter zu locker gelassen hatten, wurden bei mir vermutlich aus Angst und Unsicherheit umso straffer gezogen. Ich hatte keinen Freiraum und oft das Gefühl, mir würde die Luft würde wegbleiben. Ich fühlte absolute UNFREIHEIT!

Dabei wollte ich doch einfach nur leben! Nachdem schon meine Kindheit versaut wurde, wollte ich wenigstens meine Jugend genießen. Man hat ja bekanntlich nur eine und die sollte genützt werden. Ich wäre gerne auch einmal richtig verrückt gewesen und wollte das eine oder andere „Verbotene" probieren, so wie es andere Teenies auch taten. Ausgeflippt anziehen, ausgehen, tanzen, Spaß haben. Ich wollte frei sein und Spaß haben!
Stattdessen saß ich zu Hause, schrieb Briefe oder schmökerte in meinen Büchern. Einschlägige Jugendliteratur, laute Musik, ein cooles Moped oder eine höchst interessante Interrail-Reise blieben mir leider versagt. Alles wurde zensuriert, meine Träume vom unbändigen, leidenschaftlichen Leben mitsamt allem, was in der Sturm- und Drangzeit dazugehört, zerschmettert. Von wegen weiblich, wild und ungestüm!
Jeglicher Anflug von jugendlicher Aufmüpfigkeit wurde schnurstracks im Keim erstickt. Stets brav und artig sein, das war das Credo. Was für schrecklich veraltete Ansichten das waren! Nicht einmal meinen Freundinnen konnte ich davon erzählen, denn sie hätten mich vermutlich ausgelacht. Ich musste ständig nach irgendwelchen fadenscheinigen Ausreden suchen, um nicht als Außenseiterin zu gelten.

Die jungen Mädchen von heute würden das vermutlich nicht mehr tun. Sie würden sich nicht in eine Schiene pressen lassen, wären aufmüpfig und selbstbewusst. Sie würden auf ihr Recht bestehen, ihre Jugend ausleben zu können. Und verdammt recht haben sie!

Meine Großeltern waren noch jung, als sie Großeltern wurden – gerade 40 Jahre alt. Während meiner Jugend waren sie also zwischen 50 und 60 Jahre alt. Für mich war das damals unglaublich alt. Die Eltern meiner Schulkolleginnen waren gerade einmal Mitte 40, flott unterwegs und vor allem modern in ihrem Denken und ihren Ansichten. Das begann bei der Mode und endete bei der Aufklärung.
Ich hasste es, mit meiner Oma Kleidung einkaufen zu gehen, denn zwischen ihrem und meinem Geschmack lagen Welten.
Von adäquater Aufklärung keine Spur. Nicht einmal ansatzweise wurden derartige Themen aufgegriffen. Im Totschweigen war meine Familie perfekt.

Während dieser Phasen malte ich mir des Öfteren aus, wie es wohl wäre, wenn meine Mama plötzlich vor der Türe stehen würde. Natürlich wusste ich, dass es dazu nicht kommen würde, aber trotzdem träumte ich davon. Wahrscheinlich hätte ich nicht einmal gewusst, was ich zu ihr gesagt hätte. Ich denke, dass wir es zu diesem Zeitpunkt noch geschafft hätten, eine Mutter-Kind-Beziehung aufzubauen. Doch es sollte eben nicht sein. Warum auch immer.

Auch finanziell wurde ich ziemlich kurzgehalten. Was ich für die Schule oder Freizeit benötigte wurde bezahlt, doch für etwaige Wünsche wie Reitstunden oder gar ein Moped, welches damals alle in meiner Klasse hatten, wurde kein Geld ausgegeben. Mein Taschengeld fiel minimal aus. Es war ja nicht so, als dass wir es uns nicht hätten leisten können. Mein Großvater verdiente überdurchschnittlich gut, immerhin bewohnten wir eine große Eigentumswohnung in Baden.

Nachdem ich endlich die entsetzliche Zeit in dieser für mich langweiligen Schule abgeschlossen hatte, trat ich meine erste Stelle in einem Bau- und Architekturbüro an. Ich war im Sekretariat des Chefs, des Baumeisters, beschäftigt. Die Tätigkeit gefiel mir sogar ganz gut, wir waren nur zu zweit im Büro und meine Kollegin war äußerst nett. Leider hatte der 65-jährige Chef mir gegenüber eine sehr anzügliche Art.
Er belästigte mich auf sehr aufdringliche Art und Weise, vor allem dann, wenn meine Kollegin bereits außer Dienst war. Dann rief er mich zu sich ins Büro und belästigte mich sexuell. Irgendwann hielt ich das nicht mehr aus. Als er sich eines Nachmittags wieder dementsprechend verhielt, lief ich aus seinem Büro, schnappte meine Handtasche, rannte aus dem Haus und kündigte am nächsten Tag. Mittlerweile war ich volljährig und konnte endlich selbst bestimmen.

Natürlich sprach ich auch diesmal mit niemandem darüber, was mich belastete. Ich hatte auch nicht den Mut oder jemanden zur Seite, den ich um Rat hätte fragen können, um Anzeige zu erstatten. Ich fühlte mich irgendwie schlecht und allein die Tatsache, dass so etwas passiert war, fand ich unsagbar peinlich. Einmal mehr war ich meinem Schicksal ausgeliefert. Ein unglaubliches Schamgefühl begann sich erneut in mir breitzumachen. Scham – Schuld – Ohnmacht. Dieser rote Faden zog sich unbarmherzig durch mein Leben.

Mein erster wirklicher Weg in die Freiheit war mein Führerschein. Den hatte ich selbstverständlich sofort nach Beendigung der Schule gemacht. Mit meinen ersten Ersparnissen kaufte ich ein altes Auto. Das war mein Freibrief. Das Leben hatte nun endlich auch für mich begonnen. Zumindest war ich endlich mobil und konnte fahren, wohin ich wollte. Ich weigerte mich, Bericht zu erstatten mit wem ich unterwegs war und fuhr wohin mein Herz mich trug. Wenngleich meine Flügel immer noch ein wenig gestutzt waren, so genoss ich es von Tag zu Tag mehr, mich den Winden des Lebens hinzugeben und mich treiben zu lassen.

Mein Gehalt musste ich mir dennoch sehr gut einteilen. Zumal ich noch zu Hause lebte, musste ich ein Drittel meines Gehalts am Monatsanfang bei meinen Großeltern abliefern. Das war ein ordentlicher Brocken Geld, da musste man sparsam sein, um sich das eine oder andere kaufen zu können. Natürlich musste auch mein Auto finanziert werden.

Auch wenn es eine erschwerende Sachlage für mich darstellte, dürfte es sein Gutes gehabt haben. Ich hatte gelernt, zufrieden zu sein. Zufrieden mit dem, was da war, mit dem, was ich hatte, mit dem, was ich mir leisten konnte. Ich stellte nie große Ansprüche.

Niemals mehr in meinem Leben wollte ich von jemandem abhängig sein – weder finanziell noch emotional. Daran hat sich bis heute nichts geändert. Jedoch mit dem kleinen Unterschied, dass ich mittlerweile gelernt habe, Dinge, die von Herzen kommen, als solche anzunehmen. Auch das musste gelernt werden.

2. Brief an Mama – „Weißt du eigentlich, wie sehr ich dich vermisst habe?“

Hallo Mama!

Ich bin es, deine Tochter. Kennst du mich noch?

Sag, wo warst du all die Zeit? Ich habe gewartet. Viele Jahre. Auf dich, Mama! Oft habe ich an dich gedacht. Tag für Tag. Auch nachts, wenn ich wieder einmal nicht schlafen konnte. Und das kam öfter vor. Entweder wenn ich besonders viel Angst hatte vor dem nächsten Schultag, einer schwierigen Schularbeit oder auch weil manche Lehrer mich nicht mochten, da ich ihnen zu ruhig und unauffällig war. Manchmal konnte ich nicht einschlafen, weil ich mich so allein fühlte. Allein mit meinen Sorgen und Problemen. Ich fühlte mich einsam, wenn Oma und Opa mich nicht verstanden oder verstehen wollten, wenn sie mit ihren Belehrungen und besserwisserischen Zurechtweisungen auffuhren und ich mich nicht dagegen wehren konnte.

Mama, ich hatte oft Angst, dass ich es niemandem recht machen könnte. Ich war oft traurig, weil ich glaubte, nicht gut genug zu sein.

Manchmal hatte ich auch furchtbare Angst, wenn sich die Dunkelheit der Nacht breit machte, wenn sich die bösen Träume wieder einschlichen und die Dämonen versuchten, sich über mich herzumachen. Ich hatte schreckliche Alpträume.

Ich hatte große Angst, aber nicht unbedingt um mich, eher um dich, weil ich nicht wusste, wo du warst. Ich hatte so viele Fragen, doch du warst nicht da! Mama, wo warst du nur?

Ich wartete sehnsüchtig auf Briefe, Anrufe und Besuche von dir. Jeden Geburtstag, jedes Jahr zu Weihnachten hoffte ich, dass es klingeln und du vor der Tür stehen würdest. Glaube mir, Mama, dabei ging es mir wirklich nicht um Geschenke. Ich wollte dich einfach nur sehen, wollte wissen, ob du auch an mich denkst und mich vielleicht sogar vermisst. Ich hätte so gerne deine Stimme gehört oder eine Umarmung gespürt. Ja, das hätte ich mir von Herzen gewünscht.

Mama, du hast mir so gefehlt! Ich hätte dir so gerne vieles erzählt und dich an meinem Leben teilhaben lassen. Aber du kamst nicht. Du bist einfach weggeblieben, spurlos verschwunden. Ich hatte damals nicht die Möglichkeit, dich zu suchen oder dich anzurufen. Aber du Mama, du wusstest wo ich war!
Ich hätte dich gebraucht, zum Reden, zum Trösten, zum Blödeln, zum Spielen und Tanzen und wer weiß wozu sonst noch. Einfach zu allem. Ich wollte ebenfalls eine Mama haben, so wie alle anderen Kinder auch. Ich wünschte mir eine Mama, die da war, die auf mich wartete, wenn ich von der Schule heimkam. Ich suchte nach einer Mama, die mich wie eine Löwin vor der wilden Horde beschützte. Eine, die mich wärmte und liebkoste. Doch du warst nicht da.

Hattest du denn keine Sehnsucht nach mir? Wolltest du niemals wissen, wie es mir erging, wie ich lebte, was aus mir geworden war? Hast du nie darüber nachgedacht, wie ich wohl aussehen würde und welche Hobbies ich hatte? War ich je in deinen

Gedanken? Oder hast du mich verdrängt, mich der Einfachheit halber vergessen, dein einziges Kind?

Ich beneidete die anderen Mädchen in meiner Klasse, wenn sie mit ihren jungen Müttern shoppen gingen und lässige, modische Dinge bekamen. Ich war wütend auf die anderen, wenn sie sich in den Pausen erzählten, was sie am Wochenende alles erlebt hatten. Ich wollte auch so eine Mama haben, der man alles erzählen konnte, die man alles fragen konnte, ohne dass es je peinlich gewesen wäre. Ich wünschte mir eine Mama, die mich aufgeklärt hätte über die Liebe und das Leben. Eine, die mir beigebracht hätte, dass es völlig korrekt ist, sich als Frau zu behaupten und gegen Dinge zu wehren, die nicht in Ordnung sind.
Ich wünschte mir eine Mama, die einfach nur stolz auf mich war, die mich ermutigte und motivierte, eine, die nicht ständig ermahnte und kritisierte.

Mama, wo warst du? Ich hatte solche Sehnsucht nach dir! Ich träumte von einer Mama, die lebensfroh, abenteuerlustig und unkompliziert war. Eine, die meine beste Freundin und mein Vorbild zugleich war, eine, mit der man Pferde stehlen konnte.

Meine Wünsche, Vorstellungen und Sehnsüchte nach dir lösten sich langsam auf – wie Spuren im Sand, die von den Wellen des Meeres weggeschwemmt werden. Mein Kummer wurde immer größer, weil ich keinen Weg zu dir fand. Der Schrei nach dir und deiner Liebe wurde immer lauter. Der Seelenschmerz bohrte sich erbarmungslos immer tiefer in mein Inneres.

Weißt du eigentlich, wie sehr ich dich vermisst habe? Ja? Nein? Nein, du weißt es nicht? Dann sage ich es dir. Ich habe dich mein Leben lang vermisst! Zutiefst! All die Jahre. Bis heute.

Deine Tochter

Trauma – Das knallharte Schwert des Lebens

Die meisten Menschen kennen das Wort „Trauma", wissen es sprachlich zu gebrauchen und haben eine gewisse Vorstellung, was damit gemeint ist. Keine Sorge, ich werde hier nicht versuchen, mit psychologischen Erklärungen aufzufahren und mit kompliziertem Fachvokabular herumzuwerfen. Schließlich gibt es genügend Literatur, die diese Thematik ausführlich beschreibt.

Ein Trauma ist ein bedrohliches, gewaltvolles oder überwältigendes Ereignis, das plötzlich und unerwartet eintritt. Eine Traumatisierung ist die Reaktion auf dieses Ereignis.

In einer Gefahrensituation – etwa bei einem Unfall – werden in unserem Körper enorme Kräfte mobilisiert und man wird dadurch in einen Zustand höchster Aktivierung versetzt.
Wir können bei einer Bedrohung entweder mit Kampf oder mit Flucht reagieren. Ist beides nicht möglich oder sind wir von dem Geschehen derart überwältigt, sodass wir uns nicht einmal mehr bewegen können, reagiert unser Körper mit Erstarrung.
Wenn die entsprechenden Reaktionen wie Kampf, Flucht oder Erstarrung nicht zu Ende geführt werden können, verbleibt der Körper in diesem hoch aktivierten Zustand. Ist dies der Fall, kann es zu sogenannten traumaspezifischen Symptomen, wie beispielsweise Angstzuständen kommen.

Bei einem Großteil der traumatisierten Personen kommt es irgendwann in ihrem Leben zu einem Punkt, an dem sich der

Körper daran erinnert und dies in Form von psychischen oder physischen Symptomen zu erkennen gibt. Der menschliche Körper kann nicht ausgetrickst werden – unverblümt kommt hoch, was gesehen, erkannt und vor allem akzeptiert, angenommen und verarbeitet werden möchte.

Häufig ist man sich eines solchen Traumas gar nicht bewusst, wenn sich bestimmte Krankheitszeichen zeigen. Man denkt an eine körperliche Erkrankung, die mit medizinischen Behandlungen und Medikamenten behandelt wird. Manchmal mag dies vorerst auch gut gelingen und zu einem Teilerfolg beitragen. Die Wunden verheilen, die Schmerzen verschwinden, doch die Psyche, das Gehirn und das Nervensystem können nicht in Abrede gestellt werden. Alles ist gespeichert und sucht sich die nächstbeste Gelegenheit, um erneut auf sich aufmerksam zu machen. Ein Trauma ist auch dann noch eine psychophysische Erfahrung, wenn das traumatische Ereignis dem Körper keinen unmittelbaren Schaden zugefügt hat.

Wie aus meinen vorangegangenen Kapiteln zu entnehmen ist, handelte es sich in meinem Fall um ein Konglomerat von traumatischen und posttraumatischen Ereignissen. Da ist einerseits der Schock des Brandunfalles an oberster Stelle, gefolgt von weiteren traumatischen Erlebnissen, wie etwa des Alleingelassen-Werdens, die kindliche Hilflosigkeit, verbale und nonverbale Gewalthandlungen. Ich hatte jegliches Vertrauen in meine Familie und meine Umwelt verloren. Ich fühlte mich unsagbar verloren in dieser großen, weiten, nüchternen Welt.

All diese traumatischen Erfahrungen waren schrecklich und haben mich bis heute sehr geprägt.

Die bitterste Erkenntnis, neben all den Ängsten, den Schuld- und Schamgefühlen, war jedoch jene des „Nicht-erwünscht-Seins" und des „Nicht-geliebt-Werdens". Vor allem von den wichtigsten Menschen: den eigenen Eltern. Dieser Schock bleibt in allen Zellen des Körpers bestehen – und zwar so lange, bis man beginnt, seine Zellen „umzuprogrammieren".

Es ist ein Schmerz, den man nicht in Worte fassen kann. Das Fatale daran ist nämlich der Aspekt, dass man sich als Kind in einer ständigen Abhängigkeit zu den Eltern befindet.
Wir kommen als hilflose Geschöpfe in diese physische Welt, sind auf unsere Mitmenschen – im angenehmsten Fall auf unsere Familie – angewiesen. Eine Zeit, in der durch Fürsorge, Liebe und Zuwendung eine sichere Bindung zu diesen Menschen entsteht. Die Bindung zur Mutter ist dabei das engste Band. Diese innige Bindung braucht jedes Kind, um gedeihen zu können.

Ich hatte doch nur meine Eltern. Zumindest unter der Woche. Mein Vater war fast nie anwesend und meine Mutter, die zwar körperlich anwesend war, driftete stets vom brutalen Alltagsgeschehen ab und schwebte gedankenverloren in ihrer eigenen Fantasiewelt. Ich war abhängig von ihr.
Das Problem war nur, dass meine Mama sich in der Mutterrolle nicht finden konnte, mit sich selbst und natürlich auch mit mir

heillos überfordert war. Sie konnte mir somit keine lebensnotwendige Basis vermitteln.

Gefangen in ihrem eigenen Szenario der Lieblosigkeit, den depressiven Phasen, die sich mit Alkoholexzessen abwechselten, blieb mir die nötige Fürsorge stets vorenthalten. Von Beginn an wurde mir quasi mitgegeben, nicht liebenswert zu sein. Wenn ich um Aufmerksamkeit kämpfte, wurde das häufig nicht einmal wahrgenommen.

Meine Mama hatte mich von Anfang an allein gelassen, mich oft nur mir selbst überlassen. Diese Ignoranz hatte sich in mir eingeprägt. Ich hatte niemals das Gefühl, geliebt oder behütet zu sein. Dass diese starren Grenzen und Einschränkungen, der Mangel an emotionaler und sozialer Sicherheit zu einem massiven Kindheitstrauma führten, liegt wohl klar auf der Hand.

Auch die Beziehung meiner Eltern zueinander war emotionslos, kühl und in keiner Weise wertschätzend. Entweder stritten sie oder würdigten sich keines Blickes. Freude, Kommunikation, Familienleben und Herzlichkeit gingen ebenfalls spurlos an mir vorbei. Wie sollte sich mein Leben da in eine positive Richtung entwickeln? Es fehlte das Fundament einer empathischen, freundlichen Kommunikations- und Beziehungsfähigkeit.

Eigentlich grenzt es beinahe an ein Wunder, dass ich mich trotz derart einschneidender und prägender Erlebnisse in meiner frühesten Kindheit doch zu einem sehr empathischen, liebevollen und kommunikativen Menschen entwickelt habe. Dennoch haben diese Mängel massive Spuren hinterlassen. Mein Selbstvertrauen war im Keller, Selbstzweifel und

Unsicherheiten regierten mein Leben. Fähigkeiten, Talente und Begabungen fanden keine Berechtigung. Kritik von außen stand an der Tagesordnung. Das immerwährende Gefühl, niemals gut genug zu sein, formte nicht nur meine Kindheit, sondern zog sich noch Jahrzehnte weiter, ehe ich den Mut hatte, den Weg zu mir selbst zu suchen.

Ich hatte stets Vertrauen in meine Mutter, nahm Rücksicht auf sie, ihre Bedürfnisse, ihren Lebensalltag. Ja, ich sorgte mich sogar um sie, wollte immer hilfreich, zuvorkommend und unauffällig sein. Es war mir wichtig, ihr keinesfalls zur Last zu fallen. Ich konnte mich gegen die Lieblosigkeit, die Abhängigkeit, das Ausgeliefertsein nicht zu Wehr setzen. Liebesentzug, Manipulation, Androhungen und vor allem auch ein gewisses Redeverbot prägen meinen Blick in die Vergangenheit. An den Wochenenden erlebte ich plötzlich das genaue Gegenteil. Es gab einen geregelten Tagesablauf – das allein war schon eine komplette Umstellung. Ich fühlte mich dann zwar weitaus behüteter und geborgener als in meinem echten Zuhause, aber irgendwie war ich innerlich zerrissen.
Ich musste aufpassen, was ich sagte, denn schließlich durfte ich gewisse „Geheimnisse" nicht ausplaudern. Ich wich diversen Fragestellungen aus. Irgendwann bemerkten meine Großeltern, dass nicht alles bestens lief. Doch je mehr sie nachfragten, desto weniger wollte ich sagen. Ich wusste, dass ich meine Mama schützen musste. Obwohl ich durchaus gesprächig war, war mir intuitiv vollkommen klar, dass es manchmal besser war, zu schweigen. Ich rutschte quasi von einem Extrem ins andere.

Unser Gehirn speichert alles, egal ob man das möchte oder nicht. Bruchstücke von Erinnerungen werden hervorgeholt, vieles wird in Träumen wieder und wieder durchlebt. Das ist auch bei mir so. Des Öfteren erlebte ich Situationen, in denen ich erneut auf gewisse traumatische Erinnerungen aufmerksam gemacht wurde.

Vor allem auf bestimmte Gerüche, Bilder, Sätze und Körperempfindungen reagierte ich mitunter oft eigenartig. Ganz leise schlichen sich ungute Gefühle, Ängste, aber auch Schuld- und Schamgefühle ein. Es waren oft Flashbacks, die Emotionen in mir auslösten, mit denen ich nicht umgehen konnte. Die Bandbreite reichte dabei von Schlafstörungen, Alpträumen, Ohnmacht, Bewusstlosigkeit, Erstarrung, dissoziativen Anfällen, tranceartigen Zuständen oder Zwangshandlungen bis hin zu schweren Panikattacken. Dabei wirkte ich apathisch, konnte auf äußere Reize entweder gar nicht oder nur überreagieren. Ich war zwar wach, konnte mich und meine Grenzen aber nicht mehr erfassen.

Das zu Beginn angesprochene Seminar und die daraus resultierende nächtliche Situation bewog mich tatsächlich dazu, endlich allen Themen auf den Grund zu gehen, die ich bis dahin beschönigen und ignorieren wollte. Ich wollte einfach nicht hinsehen, nicht wahrhaben, was innerlich in mir geschah. Doch ich musste den wahren Auslöser endlich erforschen. Ohne bewusste Betrachtung aller Hindernisse konnte ich es niemals schaffen, meine Probleme zu begreifen, aufzuarbeiten und loszulassen.

Sicherlich gab es auch davor immer wieder Momente, in denen ich mir meiner traumatischen Kindheit bewusst wurde und etwas gegen die daraus resultierenden körperlichen Symptome tun wollte. Doch dabei ging es in erster Linie um die Abklärung und Heilung der physischen Anzeichen. Die psychischen Hintergründe wollte ich hingegen nicht erkennen. Im Gegenteil, ich versuchte, sie zu bagatellisieren und belog mich selbst. Ich ahnte, dass dies sehr unangenehme Gefühle und Gedanken hervorrufen würde, denen es sich freiwillig auszusetzen einer großen Portion Mut bedarf. Ich wusste auch, dass es harte und vor allem unliebsame Arbeit bedeutet hätte. Ich dachte, es wäre leichter, sich irgendwie durchs Leben zu schummeln, mit der vagen Hoffnung, dass all diese Unannehmlichkeiten irgendwann von allein verschwinden würden. Doch nach dieser Nacht war mir klar, dass es kein Davonlaufen gab. Es wurde mir vor Augen geführt, dass weder Flucht noch Kampf und schon gar nicht Erstarrung die Lösung meiner Probleme sein konnte. Ich beschloss, mich dem ganzen Thema unverblümt zu stellen. Es war jener Augenblick, in dem ich mir selbst sagte, dass Schluss damit sein musste.

Ich nahm also die Herausforderung an. Ich war bereit, mich all den Ängsten und Unsicherheiten, den ewigen Schuld- und Schamgefühlen zu nähern, sie zuzulassen und anzunehmen, um sie ein für alle Mal loslassen zu können. So hoffte ich zumindest.

Ich wollte nicht mehr aus dem Haus gehen und fünfmal zurückkommen müssen, um nachzusehen, ob der Herd oder die Kaffeemaschine tatsächlich ausgeschalten war. Diese Angst, dass sich etwas entzünden könnte und ich dieses Feuer-Thema erneut durchleben musste, war in meinem Gehirn abgespeichert. Ich hatte panische Angst vor brennenden Kerzen, offenem Feuer, knisterndem Holz, dem Gestank von verbrannten Gegenständen.

Ich wollte mich auch nicht mehr für mein Elternhaus, meine Kindheit, meine Vergangenheit und die Schattenseite meiner heillos überforderten Familie schämen müssen. Es war mir über viele Jahrzehnte hinweg zutiefst peinlich, über meine Herkunft zu erzählen, die Tatsache zu akzeptieren, adoptiert worden zu sein und zuzugeben, dass meine Mutter Alkoholikerin war und mich nicht haben wollte. Es tat einfach unsagbar weh. Nicht nur, darüber zu reden. Nein. Vor allem es sich selbst einzugestehen.

Ich hatte immer das Gefühl – auch wenn ich es gekonnt verdrängt hatte –einen schwarzen, schweren, dicken Mantel umgehängt zu haben, auf dem in großen Lettern „traumatisiert" geschrieben stand. Es kam der Moment, an dem ich ihn austauschen wollte. Ich wollte einen neuen Mantel. Einen, den ich mir selbst ausgesucht hatte. Ich wollte einen wunderschönen, eleganten, weißen Mantel haben. So einen, wie ihn Engel tragen. Symbolisch gesehen natürlich. Und ich hatte beschlossen, ihn mir zu gönnen. Doch dazu musste ich aktiv werden und lernen, zu mir zu stehen.

Ich musste lernen, mein Leben mit allem was dazugehört, zu akzeptieren, anzunehmen und was noch viel wichtiger war, mich selbst lieben zu lernen. Das Wort „Selbstliebe" war mir fremd. Manchmal stolperte ich im Zuge des Lesens verschiedenster Bücher über dieses Thema. Doch konkret konnte ich mir dabei nichts Genaueres vorstellen. Im Grunde wusste ich nicht genau, was damit wirklich gemeint war. Mir war nicht klar, wie so etwas erlernbar sein konnte. Anfangs las ich einfach weiter, ohne mich näher damit auseinanderzusetzen. Mit der Zeit kreisten meine Gedanken jedoch immer öfter um diese Thematik. Ich hatte innerlich – eher unbewusst – begonnen, mich damit zu beschäftigen. Aus diesem vorab beiläufigen Begriff gestaltete sich für mich eine neue Denkweise und meine Lebenseinstellung begann sich neu zu formen.

Aus heutiger Sicht ist mir klar, dass genau dieser Begriff der erste Schritt in die richtige Richtung war. Die Auseinandersetzung mit mir, meinem Innersten, meinem Spiegelbild und dem Begriff der Selbstliebe war wohl der wichtigste Part, um mit mir ins Reine zu kommen. Ich musste Wege finden, meine vorhandenen Ressourcen zu nützen und schließlich mit dem von mir neu gefüllten Herzensraum der Selbstliebe, der Selbsterkenntnis und der inneren Freiheit gefestigt und gestärkt wie ein Phönix aus der Asche zu steigen.

Diese Worte mögen rhetorisch vielleicht ein wenig übertrieben klingen, aber sie spiegeln meine Lebenseinstellung punktgenau wider. Ich verstand endlich, dass alles seinen Ursprung im Innersten hat. Doch um diesen Ort zu ergründen, musste ich erst einmal dort ankommen, wo alles begann – im Selbst, in der wahren Persönlichkeit. Und um diese aufzuspüren und zu erforschen, muss man wiederum bereit sein, die Reise zu sich selbst anzutreten.

Natürlich begegnet man im Zuge dessen nicht nur den Sonnenseiten des Lebens. Nein, es sind gerade die negativen Erlebnisse, die es dabei aufzuarbeiten gilt – tiefe Abgründe, an denen die Verletzungen ihre tiefsten Kerben hinterlassen hatten.

Ich wollte nun endlich wissen, was mich meine eigenen tiefen Kerben lehren wollten. Ich wollte heil werden. Doch Heilung des Selbst kann nur durch Selbstheilung geschehen. Niemand anderer konnte mich heilen. Auf meinem Weg begleiten und unterstützen war durch Außenstehende möglich, aber niemals heilen. Diesen Part konnte nur ich allein übernehmen, die Verantwortung dafür lag in meiner Hand. Ich hatte mir ein hohes Ziel gesetzt, doch ich wusste, dass ich es diesmal schaffen würde!

Mut zur Innenschau

Ich hoffte, all die entsprechenden Wegweiser zu finden, die mich auf den einzig richtigen Weg führen würden. Doch dazu musste ich mich erst einmal „fallen" lassen. Aber wie machte man das? Wie sollte ich auf diesen Weg der Erkenntnis kommen?

Einerseits gibt es natürlich die medizinische Art der Aufarbeitung mit Psychotherapie, Psychologie und dementsprechenden therapeutischen Einrichtungen. Das wäre der herkömmliche Weg. Doch dieser sprach mich nicht wirklich an. Ich hatte zwar irgendwann einmal ein paar Stunden psychotherapeutische Behandlung in Anspruch genommen, aber diese brachte mich nicht im Ansatz dorthin, wo ich sein wollte. Es war für mich einfach nicht stimmig und so begab ich mich auf die Suche nach anderen, alternativen Methoden.

Um diese für mich passenden Wege zu finden, musste ich mich mit mir selbst auseinandersetzen und die Bereitschaft aufbringen, in mich hineinzuhören. Ich musste herausfinden was genau es war, das mich so sehr belastete und meinen Kopf, mein Herz, mein Innerstes lahmlegte. Woher kamen die Zweifel, die vielen Ängste und Unsicherheiten? Bevor ich finden konnte, was mir fehlte, musste ich zunächst mein Inneres erkunden. Alles war irgendwo in mir abgespeichert, ich musste nur den Speicherort finden.

Ich suchte etwas, wusste aber nicht genau was. Meine Gedanken kreisten und ich beschäftigte mich immer mehr mit diesem Thema. Aber alles, was mit Druck gewollt wird, funktioniert nicht. Wo sollte ich also gekonnt und vor allem nachhaltig ansetzen?

Irgendjemand erklärte mir, dass die Liebe das einzig Wahre und Richtige sei. „Lebe die Liebe und alles ist gut" ist an sich ein super Gedanke, nur leider nicht im Handumdrehen erlernbar. Kann man die Liebe denn überhaupt erlernen? Nein, kann man nicht. Denn Liebe ist im Grunde immer und überall, auch wenn man dafür blind ist. Es benötigt die Erkenntnis dessen und auch den wahren Umgang damit.
Ich kannte diese Form der Liebe, der Selbstliebe, gar nicht. Woher denn auch? Ich hatte sie doch noch nie gesehen, gefühlt, berührt. Wie sollte ich dann wissen, dass es sie tatsächlich gab und wie sie sich äußerte? Eine Liebe, die nicht an andere Menschen gebunden war. Ich kannte keine Mutterliebe, keine Liebe meiner Familie oder meiner Herkunft. Ich fühlte mich stets ungeliebt, unerwünscht, ungewollt. Gefangen, unfrei, leer. Woher sollte ich dann wissen, wie man sich selbst voll und ganz annimmt, akzeptiert, wertschätzt und liebt?

Andererseits fühlte ich dennoch eine innige Liebe zu meinen Kindern. Dieses Glücksgefühl, wenn ich sie in meinen Armen hielt, sie vor mir sah, mit ihnen in jeder Sekunde meines Lebens verbunden war. So unglaublich tief und wunderbar.
Folglich musste es die Liebe auch für mich geben, zumal ich sie selbst sehr wohl inniglich erleben und fühlen konnte.

Wo war der Unterschied? Mangel und Fülle lagen direkt nebeneinander. Warum war das eine nah und das andere so fern und gar nicht greifbar? Wo sollte ich meine Suche beginnen?

Ich irrte einige Zeit umher, ehe ich Schritt für Schritt in die richtige Richtung gestupst wurde. Sobald ich mich geöffnet hatte, lernte ich tolle Persönlichkeiten kennen, von denen ich mir erhoffte, sie würden mich auf meinem Weg weiterführen. Es gab durchaus einige, die mich nachhaltig bis heute begleiten und die mich wirklich viel gelehrt haben. Essenzielle Botschaften, Hinweise und Tools, die mich meinen Zielen näherbrachten.

Ich musste lernen, mich selbst zu erkennen und zu akzeptieren. Ein Freund wies mich darauf hin, dass der Weg zum Ziel radikale und absolute Selbstakzeptanz bedeutete – neben der Selbstliebe versteht sich. Beides geht Hand in Hand. Er meinte, ich solle tapfer sein und mein „altes Selbst" ziehen lassen, sodass mein „neues Selbst" geboren werden konnte. Ich solle die alten Geschichten, die Opferrolle und alles was damit zusammenhing, einfach gehen lassen. Das klingt alles easy und vollkommen logisch – rein theoretisch. Aber war das tatsächlich so einfach umsetzbar?

Viele Stunden verbrachte ich gedankenversunken. Ich musste lernen, meine Vergangenheit zu akzeptieren und Positives zuzulassen, um es in mein „neues" Leben integrieren zu können. Und zwar ganz allein und mit allem, was dazu gehört. Schmerz, euphorische Erkenntnisse, kleine Schritte nach vorne, aber auch Rückschläge, die mich immer wieder einholten, Tränen, Unsicherheiten, gemischte Gefühle. Jedoch stets mit einem inneren Lächeln. Innenschau ist somit alles, was das Innere bewegt.

Ein lieber Freund und Wegbegleiter, selbst im sozialarbeiterischen Metier beschäftigt, brachte mich auf die Idee, mir meinen Pflegeakt aushändigen zu lassen. Ich war sehr angetan von diesem Vorschlag, suchte meine Dokumente zusammen und stellte den entsprechenden Antrag am Wiener Staatsarchiv. Die Mitarbeiterin, die sich um mein Anliegen bemühte, meinte beim Abschied, ich möge mir – wenn ich den Akt in einigen Tagen zur Ansicht bekäme – doch jemanden mitnehmen, der mir im Fall, dass es mir emotional danach nicht so gut ginge, entsprechende Unterstützung leisten könnte. Ich war zwar der Meinung, dass mich wohl kaum noch etwas erschüttern konnte, nahm den Vorschlag jedoch trotzdem dankend an und wurde letztlich von meinem älteren Sohn begleitet.

Ich bekam also den Akt ausgehändigt, um ihn eingehend zu studieren. Mein Sohn wartete währenddessen im Foyer. In einem rosa Pappkarton, abgegriffen und etwa 3 cm dick, befand sich eine Unmenge an dünnem Seidenpapier. Ich setzte mich abseits an einen großen Tisch, um alles in Ruhe durchzusehen. Ich hatte nicht damit gerechnet, dass sich derart viele Papiere darin befinden würden. Ich nahm jedes einzelne Blatt in die Hand. Meine Stimmung wurde gedrückter und meine Anspannung größer. Generell war ich nervöser, als ich mir selbst eingestehen wollte. Eilenden Blickes überflog ich die Papiere. Es war so viel Information, dass ich gar nicht sofort alles erfassen konnte. Nachdem es mir gestattet war, zu fotografieren, tat ich dies auch.

Während sich innerlich eine Welle aus Wut, Enttäuschung und Trauer zusammenbraute, versuchte ich nach außen tough und selbstbewusst zu erscheinen. Ich wollte mir meine innere Unsicherheit, meine Verzweiflung und eine gewisse Hilflosigkeit keineswegs anmerken lassen.

Nachdem ich alles gelesen und sorgfältig geordnet wieder einem Beamten übergeben hatte, verließ ich eilenden Schrittes das Archiv.

Etwas wortkarg meinem Sohn gegenüber stammelte ich nur, dass ich so schnell wie möglich nach Hause wollte. Er wusste, dass es gerade unpassend war, unnötige Fragen zu stellen. Nun war ich doch sehr froh, auf den Rat der Mitarbeiterin gehört und eine familiäre Unterstützung bei mir zu haben.

Wir hatten es gerade bis nach Hause geschafft, ehe sich meine Tränen unbarmherzig ihren Weg bahnten. Ich konnte kaum fassen, was ich soeben gelesen hatte. Die Konstrukte passten überhaupt nicht mehr ineinander, die Lügen aller mitwirkenden Parteien wurden unversehens ans Tageslicht gebracht. Alles, was mir jemals von meinen Angehörigen erzählt wurde, war darauf ausgerichtet, den jeweils anderen als noch schuldiger darzustellen, als es ohnehin der Fall war.

Meine Mutter hatte ihre Obsorge über mich verloren, zumal sie als schuldig befunden wurde. Das heißt, sie hatte sich anzupassen, um so glimpflich wie möglich aus der ganzen Sache herauszukommen. Dadurch kam es zu einem Streitgeschehen zwischen meinem Vater und meinen Großeltern, die mich letztendlich adoptieren wollten.

Bei meiner Recherche ging es mir nicht unbedingt um die groben Fakten – die kannte ich ohnehin. Es ging um die Aussagen und wie miteinander umgegangen wurde, verbal und nonverbal. Dass mein Vater massivem Druck seitens meines Großvaters ausgesetzt war, lag auf der Hand. Doch dass er schlussendlich in Handschellen vorgeführt wurde, um den Adoptionsvertrag zu unterzeichnen, erschütterte mich. Dass mit meinem Großvater – damals noch als Polizeibeamter tätig – nicht gut Kirschen essen war, war mir aus heutiger Sicht natürlich vollkommen klar. Dass er seine Macht jedoch derartig ausgespielt hatte, machte sehr wohl etwas mit mir und meinen Gefühlen.

Es dauerte einige Zeit, bis ich diese Wahrheiten verinnerlicht hatte, wenngleich ich vieles emotional nicht nachvollziehen konnte. Doch das war nie das ursprüngliche Ziel. Ich hatte nun auch die rechtlichen Fakten erfahren und genügend Material in der Hand, um mir meine eigene Meinung zu bilden. Und zwar über jeden einzelnen meiner Familie. Dass es sich bei meiner um keine Vorzeigefamilie handelte, war offensichtlicher denn je.
Mein Glück im Unglück war damals, aufgrund der Vehemenz meines Großvaters doch familiär untergebracht zu werden.

Nachdem ich ein Mensch bin, der die Wahrheit sucht und jedem einzelnen seiner Mitmenschen die Chance auf deren eigene

Wahrheit geben möchte, hielt ich es für angebracht, beide Elternteile unabhängig voneinander zu kontaktieren.

Ich hatte mich allen Ernstes bemüht, meine Eltern ausfindig zu machen, um persönliche Gespräche mit ihnen zu führen. Meine Mutter begegnete mir relativ kühl und distanziert. Es kam zu zwei oder drei oberflächlichen Treffen. Anfangs noch ein wenig fasziniert davon auch Oma zu sein, legte sich die erste Euphorie rasch wieder. Als ich begann, mit ihr über den damaligen Sachverhalt zu sprechen, zog sie sich sofort zurück. Sie wollte und konnte sich vermutlich an diese Zeit ihres – unseres – Lebens absolut nicht zurückerinnern. Mit einem Hauch an Schuldgefühlen und schlechtem Gewissen endete die ganze Situation mit einem kurzen Statement ihrerseits, nämlich, dass sie keinerlei weiteren Kontakt zu mir haben wollte. Sie meinte wortwörtlich, dass sie mich nicht brauchen würde und auch nicht in ihrem Leben haben wolle. Punkt.

Es war wirklich nicht leicht, diese Tatsache nochmals so direkt vor die Füße geknallt zu bekommen, zumal ich schon dachte, es hätte sich durchaus eine kleine, wenn vielleicht auch eher oberflächliche Annäherung entwickeln können. Es wäre durchaus Potential vorhanden gewesen. Doch dazu gehören eben immer zwei.

Ich durfte also ein zweites Mal die Lektion der mangelnden Mutterliebe als neuerlichen Lernprozess erfahren. Meine Ratio konnte diese Entscheidung nicht verstehen, meine Seele noch viel weniger. Ich fühlte mich einmal mehr verleugnet und ungeliebt. Zumindest kannte ich nun ihre Sicht der Dinge und ihre persönliche Wahrheit.

Auch meinem Vater hatte ich diese Möglichkeit gewährt. Ich hatte ihn ausfindig gemacht und auch ihn persönlich aufgesucht. Anfangs war er über ein Kennenlernen nach so vielen Jahren durchwegs erfreut. Es kam zu einigen Treffen, mitunter auch mit meiner eigenen Familie. Es gestaltete sich sogar als ganz nett, wenn auch ebenfalls relativ oberflächlich. Aber was sollte man nach so langer Zeit auch erwarten? Im Grunde durfte ich mir gar nichts erwarten, aber dennoch tat ich es. Unbewusst.
Ich hoffte auch hier auf nette Gespräche und Zusammenkünfte. Ich war der Meinung, dass sich doch irgendjemand aus meiner Ursprungsfamilie an mir erfreuen würde. Einmal meinte mein Vater, als wir alle beisammensaßen, ich hätte ihn quasi um die Kindheit seiner Enkel betrogen, da ich ihn nicht schon früher aufgesucht hatte. Da hatte ich ganz schön zu schlucken, denn damit hatte ich überhaupt nicht gerechnet. Mein Vater machte ausgerechnet MIR Vorwürfe? Das musste ich erst sacken lassen. Trotzdem ließ ich mir meine Irritation nicht anmerken.
Als auch ich ihn in weiterer Folge mit wahrheitsgetreuen Aspekten und Gedanken konfrontierte und seine Sicht der Dinge hören wollte, wurde ihm dies rasch zu „intim". Er fühlte sich mit Erinnerungen konfrontiert, die er, wie meine Mama, über Jahrzehnte hinweg gekonnt in den Schubladen seines Erinnerungsvermögens abgelegt hatte. Und dann kam da einfach jemand vorbei, nämlich seine eigene Tochter, die alles wieder ausgraben und zum Vorschein bringen wollte. Das schien ihm nicht zu gefallen. Möglicherweise kamen eigene Gedanken,

Schuldgefühle oder eine Art schlechtes Gewissen in ihm hoch, denen er sich nicht (mehr) stellen wollte. Somit zog auch er sich stillheimlich aus der Affäre, zumal er pensionsbedingt viel Zeit im Ausland verbringt, und meldete sich einfach nicht mehr, auch wenn er wieder in der Heimat war. Ganz nach dem Motto „Aus den Augen, aus dem Sinn."

Ich konnte ihn sogar verstehen, was hätte es ihm denn gebracht. Er hatte mich über 40 Jahre nicht gesehen, wusste nichts von mir und meinem Werdegang. Natürlich hätte auch er den Weg zu mir suchen können, doch so viel Interesse war dann auch wieder nicht vorhanden. Selbst wenn er mich das in unseren gemeinsamen Gesprächen glauben lassen wollte.

Da wäre mir allerdings die Wahrheit, wie sie mir meine Mama, wenn auch knallhart, an den Kopf geschmissen hatte, lieber gewesen. Vielleicht in einem weniger harschen Ton, aber grundehrlich. Es hätte mir genügt, wenn er gesagt hätte, dass er mit der unschönen Vergangenheit abgeschlossen hatte und mit derartigen Zusammenkünften nichts mehr zu tun haben wollte. Ich hätte es verstanden, wenngleich es mich ebenso verletzt hätte.

Es war mir einfach unverständlich, dass selbst nach so vielen Jahren nach wie vor keinerlei Interesse daran bestehen konnte, Frieden mit sich selbst und seinem Kind zu schließen. Ich konnte absolut nicht nachvollziehen, was sich in den Gehirnen meiner Eltern abspielte – nämlich keinerlei Emotionen für das einzige Kind zu empfinden. Immerhin hatte ich ihnen das Friedensangebot entgegengebracht. Ich wollte wirklich Frieden schließen. Mit ihnen und natürlich auch mit mir selbst, mit meiner Vergangenheit und meinen traumatischen Erlebnissen.

Ich hatte doch beschlossen, für mich selbst Frieden zu finden, um den alten Mist endlich loslassen und in die Wüste schicken zu können. Warum war mir das denn nicht vergönnt?

Neben der Enttäuschung über derart unsensible Elternteile war ich wieder einmal frustriert in die Opferrolle gefallen. Und es dauerte einige Zeit, um mich wieder aus diesem Sumpf des Selbstmitleids herauszuziehen. Doch wie immer war ich stark. Stark genug, um nach dem Niederfallen rechtzeitig wieder aufzustehen.

Und ja, ich war mutig. Ich war mutig genug, um mich diesen Wahrheiten und diesen Begegnungen zu stellen. Wenngleich ich deshalb innerlich sehr wohl betroffen und ängstlich war, weil ich nie wusste, was sich offenbaren würde. Ich hatte im Grunde keine Vorstellung darüber, was geschehen würde. Ich wusste noch nicht einmal wie meine Eltern aussehen würden oder wie sie mir gesinnt sein könnten. Doch ich versuchte es. Ich nahm all meinen Mut zusammen, um eine Brücke zwischen dem Jetzt und der Vergangenheit zu bauen. Ich hoffte, dadurch einer besseren – gemeinsamen – Zukunft entgegenblicken zu können. Doch in unserem Theaterstück des Lebens war wohl kein Happy End geplant.

Nicht, dass es so wirkt, als könnten mich diese Rückschläge nicht umhauen. Das konnten sie – aber nur kurz. Immer wieder schaffte ich es, mich relativ rasch aus eigener Kraft wieder aufzurappeln. Und zwar dank meines unglaublichen Optimismus, meiner positiven Lebensphilosophie und meiner Resilienz. Kaum war ich wieder aufgerichtet, wollte ich es erneut wissen. Noch genauer. Noch intensiver. Und das, obwohl ich am liebsten immer nur im Frieden, mit Freude und Wohlbefinden leben möchte. Manchmal muss man aber einfach durch, wenn man das Licht am Ende des Tunnelns erreichen will.

Abschließend plante ich den letzten Coup meiner Innenschau. Ich fuhr nach Wien, in den 17. Bezirk. In die Blumengasse. Nach 45 Jahren wollte ich an meinen Ursprungsort zurückkehren. Dort, wo alles begonnen hatte, sollte sich der Kreis schließen.

Ich stehe vor dem Eingangstor eines Wiener Wohnhauses. Jener Altbau, der mein ganzes Leben zutiefst erschüttert hat. Die Eingangstüre fällt langsam zu, weil kurz zuvor jemand hineingegangen ist. Es soll wohl so sein, dass sie für mich gerade noch offen ist.

Ich trete ein, gemeinsam mit meinem Mann, der mich begleitet. Ich blicke mich um und kann mich an alles erinnern. Den Flur, den Aufgang, die glatte Steintreppe, das Gangfenster, auf dessen Fensterbrett ich als kleines Mädchen oft gesessen hatte, der Blick in den Hof mit der immer noch vorhandenen, aber mittlerweile rostigen Teppichklopfstange, der Bassena und den in Stuck gemeißelten Ziffern über den Eingangstüren.

Es riecht muffig und feucht. Langsam und bedächtig steige ich ins Hochparterre, in dem sich unsere Wohnung befunden hat. Die Zahl „7", die eigentlich meine Glückszahl ist, befindet sich immer noch im Mauerwerk links oberhalb der Tür.

Ich lasse alles auf mich wirken, bin innerlich vollkommen ruhig. Noch. Das ändert sich nämlich. Und zwar genau jetzt.

Völlig unvorbereitet drückt mein Mann einfach auf die Türglocke. Mir bleibt kurz die Luft weg. Mein Herz beginnt umgehend wie wild zu klopfen, meine Hände werden leicht feucht und meine Nackenhaare beginnen sich aufzustellen. „Und was soll das jetzt bitte?", stößt es aus mir heraus, während ich ihm einen strengen Blick zuwerfe. „Na reden…", meint er, ohne mit der Wimper zu zucken.

„Ja, bitte?", fragt der Herr, der die Tür öffnet, mit einem leichten Lächeln auf den Lippen. „Ach, hm... na ja…", stottere ich herum. „Bitte keine Reklame oder ähnliches.", lässt er uns wissen. „Nein, nein... eh nicht.", kontere ich schnell. Langsam finde ich wieder zu mir und zu einem brauchbaren Wortschatz. Ich fokussiere mich, stelle mich bewusst aufrecht hin und blickte dem sympathischen Mann direkt in Augen. „Na ja… ich habe ein Anliegen.", sprudelt es dann aus mir heraus. Ich bin plötzlich wieder ganz bei mir und erkläre in einigen kurzen Sätzen, worum es geht und warum ich hier bin.

Der wortgewandte junge Mann tritt ohne weiter nachzufragen sofort einen Schritt zurück und meint: „Bitte, kommen Sie doch herein, wenn es Ihnen nichts ausmacht, dass so viele Schachteln herumstehen. Wir ziehen nämlich morgen aus." „Ja, gerne." Etwas vorsichtig steige ich über den Türsockel, während mein Blick sofort beginnt, die Umrisse des Vorraums abzuscannen.

Die Schachteln stören mich kein bisschen. Die sind mir sowas von egal. Nun stehe ich da. Mein Gott, ich stehe da, wo alles begonnen und gleichzeitig aufgehört hat. Ich kann es kaum glauben. Meine Gedanken, meine Gefühle, meine Erinnerungen überschlagen sich. Was passiert da gerade mit mir?

Ich bin still. Ich betrachte einfach nur das Geschehen. Ich bin im Hier und Jetzt.

Die Wohnung ist frisch gestrichen. Weiß. Einfach nur weiß, so wie damals. Eine kleinere Nebenwohnung wurde irgendwann in die ursprüngliche Wohnung integriert, erklärt uns der Mann, während ich die Luft anhalte.

Ok. Da stehe ich nun, im Vorraum. Der Raum, der früher Vorraum, Küche, Bad, Flur, alles in einem war. Heute ist es nur noch ein Vorraum. Langsam und bedächtig betrete ich linker Hand das Wohnzimmer. DAS Wohnzimmer. Das Zimmer, von dem damals das ganze Unglück ausgegangen war. Ich kann es kaum fassen. Ich stehe nach über vierzig Jahren wieder in diesem Raum. Ich bin tatsächlich hier. Ein Gefühl zwischen Euphorie und Aufgewühltheit überkommt mich. Mein Körper fährt gerade emotionale Hochschaubahn. Die Energien zischen rauf und runter. Ich halte inne. Ich nehme den Brandgeruch von damals wahr, wenngleich die Wohnung eigentlich nach frischer Farbe riecht. Sie ist schön hergerichtet, hell und freundlich. Ganz anders als damals, als die dicken Vorhänge noch die hohen Fenster umrandeten und gleichzeitig erdrückten. Durch die großen Fenster sieht man nach wie vor in den tristen Innenhof ohne Bäume. Auch die anderen Räume darf ich begutachten. Ich staune. Die Erinnerungen überschlagen sich, mein Herz pocht mir bis zum Hals und ich glaube, sogar darüber hinaus. Es ist ein Wahnsinn. Ich bin hier. Ja, ich habe es geschafft. Ich habe es tatsächlich geschafft, mich dem hinzugeben, was beinahe meinem Leben ein Ende gesetzt hätte.

Zuletzt betrete ich das ehemalige Schlafzimmer. Ich sehe alles klar und deutlich vor mir, als wäre es erst gestern gewesen. Ich erkenne vor meinem geistigen Auge die Möbel, ertaste die glühend heiße Rückwand des Kastens, fühle das Kratzen in meinem Hals und den Qualm, der mir die Luft zum Atmen genommen hatte. Ich durchlaufe innerlich die Szenen meines damaligen Horrorfilms. Mehr denn je wird mir bewusst, welch großes Glück im Unglück ich während dieses Wahnsinnsszenarios hatte. Mir fällt wieder das Bild meines Engels ein, den ich damals in meiner Verzweiflung gesehen hatte und bedanke mich innerlich nochmals bei ihm.

Die Familie – mittlerweile haben wir auch seine Frau und ihre beiden kleinen Töchter kennengelernt – möchte nun auch gerne wissen, was damals passiert ist. Da ich weiß, dass die Familie auszieht, erzähle ich in Kurzfassung, was sich in meiner Kindheit hier zugetragen hatte. Die Frau ist dann doch ein wenig bestürzt, zumal ihre beiden Mädchen genau in diesem Alter sind.

Nach einer kurzen Schilderung des Geschehens bedanken wir uns erneut für das freundliche Entgegenkommen. Wir wünschen der jungen Familie alles Gute für die Zukunft und verabschieden uns.

Ein letzter Blick durchstreift den Vorraum, während wir die Wohnung verlassen. Ok, das wars dann. Bedächtig und dennoch innerlich befreit, verlasse ich, ohne mich noch einmal umzudrehen, mit bewussten, zügigen Schritten das Haus. Ich weiß, dass ich nie wieder hierherkommen werde. Und das ist auch gut so. Endlich konnte ich mich verabschieden. Von damals. Für immer.

Das waren also die Grundpfeiler meiner Innenschau. Nicht nur in Worten und Gedanken, sondern auch vor Ort. Ich hatte keinerlei Erwartungen gehabt und trotzdem war ich sehr berührt von alledem. Der Grundstein, um das, was geschehen war, abschließen zu können, war gelegt. Ich war nun bereit, einen neuen Weg zu suchen – und zwar nur noch jenen, der mir innere Heilung bringen würde. Mit der Zuversicht, dass wohl alles einen tieferen Sinn hat. Haben muss. Und ebendiesen war ich bereit zu suchen. Einige Türen hatten sich geschlossen, doch die Türe zum Herzen konnte dadurch erst geöffnet werden.

Herzensziele

Natürlich war viel in mir geschehen, seit ich mich dieser Auseinandersetzung mit mir selbst hingegeben hatte. Das war mehr oder weniger jener Teil, der sich mit den Fakten beschäftigt hatte. Innerlich fehlte aber noch etwas. Es gab noch etwas zu finden, das mich meinem innersten Mittelpunkt, meiner Wertschätzung und Anerkennung noch näherbringen sollte.
Ich wollte empfangen, was aus meinem Innersten heraus kam. Dazu musste ich mich dort hinbegeben, wo ich niemals zuvor war. Einzig und allein daran konnte ich wirklich reifen und wachsen.

Ich wurde von meinem damaligen Mentor und Freund dazu bewogen, mit ihm und einer Gruppe anderer Leute nach Brasilien zu fliegen. Einige Zeit zuvor hatte ich begonnen, mich mit Mentaltraining, Mediation und dem Umprogrammieren von Glaubenssätzen zu beschäftigen. Dadurch hatte sich eine mentale und auch spirituelle Ebene für mich geöffnet. Ich wusste zwar nicht, was mich in Brasilien erwarten würde, doch nach einer gewissen Bedenkzeit trat ich diese Reise an.

Offenbar sollte es noch einen weiteren Weg der Erkenntnis für mich geben, der mich weiter in die innere und äußere Freiheit bringen würde. In komplett neue Sphären. Also ab in den Flieger und los! Mit leichter Unsicherheit, aber dennoch mit dem inneren Wissen, genau das Richtige zu tun, hob ich ab und überquerte zum ersten Mal in meinem Leben den Atlantik. Mein

Blick war nur nach vorne gerichtet. Ich war neugierig und gespannt. Ich war bereit!

Brasilien. Was für ein herrliches Land! Ich liebte es von der ersten Sekunde an. So wunderschön. Die Luft, die Wärme und erst die Natur – ein Paradies! Ich fühlte mich, als würde ich dort längst alles kennen, obwohl ich normalerweise sehr heimatbezogen bin. So komisch das auch klingen mag, aber ich fühlte mich irgendwie zu Hause. Von Brasilia, der Hauptstadt, ging es dann noch etwa eine Autostunde bis ins Landesinnere. Wir wohnten in einem kleinen Ort, in dem sich ein Heilzentrum befand. Die spirituelle Reise in meinen Herzensraum konnte beginnen.

Einerseits hielt ich mich sehr gerne in diesem schönen Zentrum auf, welches auf innere und äußere Stille ausgerichtet war. Es gab einen wunderschönen Garten und in der Nähe auch einen ganz besonderen heilsamen Platz – einen Wasserfall. Und obwohl viele Menschen aus allen Teilen der Welt vor Ort waren, hatte ich noch nie zuvor so viel Rücksichtnahme und wahre Wertschätzung erlebt. Es gab kein Drängen, keine Unmutsäußerungen, keinen Lärm, nur absolute Achtsamkeit.

Ich war mit mir allein. Allein und ganz weit weg von zu Hause. Ich war auf mich gestellt. Doch ich hatte keinerlei Angst. Ich wusste, dass alles gut und richtig war. Ich lernte, zu vertrauen. Ich lernte, in mich hineinzuhören. Ich wusste bis dahin nicht, was man in absoluter Stille alles hören konnte. Das klingt vielleicht ein wenig konfus, wenn man diesen Satz liest und sich vorher noch nie mit diesem Thema beschäftigt hat. Doch gerade diese Stille war es, die mich innerlich so bereichert und beflügelt hatte, mich täglich wachsen ließ. Ich stieß gedanklich und mental auf Sphären, die ich noch nie zuvor gespürt hatte. Glücksgefühle, Emotionen, Tränen und das Gefühl, endlich angekommen zu sein. Angekommen bei mir selbst. Plötzlich erkannte ich, was es bedeutete, sich selbst zu mögen. Ja, sogar zu lieben. Stolz auf sich zu sein, zu sich zu stehen, dankbar zu sein. Dankbar für das Leben, mit allem was dazugehört.

Es begann, wie in Strömen zu regnen. Binnen weniger Minuten stand man knöchelhoch im roten Schlamm, da die Straßen und Wege teilweise nicht betoniert, sondern nur rot besandet sind. Flip-Flops sind die einzig sinnvolle Fußbekleidung. Aber so schnell der flutartige Regen gekommen war, so schnell klang er auch wieder ab. Die Sonne kam zum Vorschein, als wäre nichts gewesen.

Die Luftfeuchtigkeit ist extrem hoch und ermöglicht eine wunderschöne Vegetation. Orchideen blühen am Wegesrand, Bananen und Mangos wachsen beinahe in jedem Vorgarten. Papayas und Avocados entwickeln Größen, die man bei uns nicht einmal im besten Supermarkt findet. Kleine Äffchen schwingen sich von Baum zu Baum. Wenn man dem Rauschen folgt und zu besagtem Wasserfall kommt, hat man das Gefühl, mitten im Dschungel zu stehen. Die Vögel singen und die Natur zeigt sich in all ihrer herrlichen Pracht. Es entsteht das Gefühl, Raum und Zeit würden stillstehen. Hier konnte man seine Batterien mit einer unsagbaren Energie aufladen!

Ich hatte viel Zeit, um nachzudenken und erhielt Antworten auf Fragen, die ich mir bereits hunderte Male gestellt hatte. Ganz plötzlich waren sie da, wie aus dem Nichts.

Seither hat sich etwas Wesentliches in mir geöffnet. Nennen wir es den Herzensraum. Als würde man die Fensterläden öffnen und die Sonne ihn in den schönsten Farben erleuchten. Ich begann etwas zu spüren, zu erahnen, was sich möglicherweise so anfühlte wie Gott. Ganz anders als bei herkömmlichen religiösen Veranstaltungen. Innig, ruhig und doch intensiv. Es entstanden stille Konversationen zwischen mir und diesem Etwas. Ich erhielt Antworten. Vieles drang an die Oberfläche und wollte wahrgenommen werden. Ich war selbst verblüfft von diesen Geschehnissen.

Es gelingt mir auch jetzt nur annähernd, dies alles in Worte zu fassen. Ich bin mir sicher, dass Menschen, denen ähnliches widerfahren ist, das verstehen können. Wahrscheinlich kann es nur selbst erfühlt werden. Meines Erachtens braucht es für das Gelingen vollkommene Stille – und diese muss man erst einmal aushalten lernen. Für Menschen, die ständig beschäftigt sind oder diese Stille gekonnt durch die vielen Ablenkungen des Alltags vermeiden, ist dieses Ausharren schwierig. Es ist aber absolut einen Versuch wert!

Das innere Bewusstsein begann sich auf eine Art und Weise auszudehnen, die mir gänzlich neu war. Mein bisheriges Lebenskarussell begann sich immer schneller zu drehen. So wie damals beim Eislaufen mit meinem Vater. Bilder flogen rasend schnell vor meinem inneren Auge vorbei. Die Sicht der Dinge änderte sich und ich nahm Bereiche wahr, die mir bis dato überhaupt nicht bewusst waren. Mein Leben, meine Familie, der Unfall, meine prägenden Kindheitserlebnisse, alles veränderte sich. Mein Fokus veränderte sich. Ich sah mich nicht mehr in der Opferrolle und erkannte viele Zusammenhänge. Alles stand Kopf.

Ich verstand plötzlich, dass es einzig und allein nur an mir selbst lag, wie ich die Erlebnisse betrachte. Sah ich aus dem Blick des Opfers oder aus der Sicht des Lernens, des Erfahrens, des Annehmens? Ich verstand, wie wichtig es war, gewisse Situationen wertfrei zu akzeptieren, so wie sie waren – ohne Beschuldigte zu suchen, zu bewerten oder zu verurteilen.

Das war des Rätsels Lösung. Die Lösung, die ich seit über 40 Jahren gesucht hatte. Da war sie. In der Stille. An jenem Ort, an dem ich uneingeschränkt bei mir und somit in meiner ganzen Kraft sein konnte.

Der Kampf, den ich im Grunde mein ganzes Leben geführt hatte, war letztlich nur ein Kampf in und mit mir selbst. Niemand anderer konnte mir helfen, die Heilung zu finden. Meiner mangelnden Anerkennung und dem Gefühl, nicht geliebt zu werden, lag meine tiefe innere Angst zugrunde. Die Angst der Zurückweisung, die Versagensangst, die Angst zu vertrauen. Stets hatten andere Menschen damit automatisch die Macht über mich. Ich hatte sie an andere abgegeben.

Nun aber wusste ich, dass die Macht über mich und mein Leben ganz allein bei mir lag. Diese Selbsterkenntnis war das wahre Herzensziel. Ich hatte all dies so lange nicht gesehen, da ich vor lauter Angst nichts anderes wahrgenommen hatte. Ich versuchte, dieses innige Herzensgefühl, die Liebe zu mir selbst in jeder Faser meines Seins zu fühlen. Wenn ich mich selbst wirklich lieben lernte, dann konnte ich auch andere lieben lernen, ohne sie zu verurteilen. Sie einfach annehmen, wie sie eben sind. Sie zu lieben, auch wenn sie nicht meinen Vorstellungen entsprachen. Ich begann, Liebe für meine Mama und meinen Papa zu empfinden. Und für meine Großeltern. Sie waren anders als ich es mir erwünscht und erhofft hatte. Ich hatte ihnen lange die Schuld für alles gegeben. Es war einfach, die Schuld nur bei den anderen zu suchen. Dadurch musste ich mich nämlich nicht mit mir selbst auseinandersetzen.

In der paradiesischen Natur Brasiliens hatte ich es geschafft zu vergeben. Nicht in Worten, nein. Im Herzen. Es stand sich nicht mehr dafür, auf andere wütend zu sein und sie für mein miserabel verlaufenes Leben verantwortlich zu machen. Das was war, war vorbei. Nun hatte ich es in der Hand, das Beste daraus zu machen. Und das Beste erreicht man bekanntlich nicht mit Gewalt und Widerstand.
Es hat lange gedauert, bis ich das für mich begriffen hatte. Dies war der Knackpunkt, der mein Leben radikal veränderte. Innerer Frieden stellte sich ein und erfüllte mich mit unglaublichen Glücksgefühlen.

Es hatte sich bezahlt gemacht, fernab der Heimat auf Tauchstation zu gehen. Doch konnte ich das auch zu Hause, wieder im Alltag angekommen, fortsetzen? Konnte ich diese Erkenntnisse mitnehmen und erfolgreich in mein „normales"

Leben integrieren? Irgendwie hatte ich Sorge, dass sich dies im gewohnten Alltagstrott wieder verflüchtigen würde.

Ich wollte mir etwas aus Brasilien mitnehmen, das mich immer an diese hervorragende Zeit und vor allem an diesen enormen Sinneswandel erinnern würde. Etwas, das meinen Fokus auf das richten sollte, was wirklich wichtig geworden war.
Ich entdeckte einen herrlich großen Amethysten. Nicht nur dass er mein Geburtsstein ist, er faszinierte mich. Wenn ich ihn ansah oder berührte, löste er eine unglaubliche Sicherheit in mir aus. Und so kaufte ich meinen Heilstein, der bis heute in unserem Wohnzimmer steht. Ständig gehe ich daran vorbei und bin somit immer mit seiner Energie und allem, was für mich und meinen Herzensziel-Lernprozess wichtig war, verbunden.

Zurück in der Heimat erkannte mein Umfeld, dass irgendetwas anders war. Ich blieb mir und meinen neuen Erkenntnissen aus Brasilien treu. Ich stellte zu Hause und generell in meinem ganzen Leben vieles um. Ich beschäftigte mich mit völlig anderen Themenbereichen als zuvor, arbeitete stets weiter an mir und meiner Selbsterfüllung. Ich befasste mich mit Coaching, Manifestation, Prozessen des Loslassens und Glaubensmustern. Ich integrierte die Meditation als regelmäßiges Ritual in mein „neues" Leben.
Laufend eröffneten sich neue Denkprozesse, die wiederum wunderbare neue Menschen in mein Leben brachten. Meine eigenen Limits wurden mir immer mehr bewusst und konnten schließlich aus meinem Leben gestrichen werden. Dies bedarf stetiger Arbeit an sich selbst. Ich begann zusätzlich, gewisse

Wörter aus meinem Wortschatz zu eliminieren. Mir wurde bewusst, dass bestimmte Wörter wie „Kampf" einem Mangeldenken zugrunde liegen. Ich achtete zunehmend auf meine Ausdrucksweise, meine Sprache und meine Gedanken. Positives ausgestrahlt bringt Positives zurück – ein uraltes Prinzip der Quantenphysik.

Meine Reise nach Brasilien wiederholte ich weitere zwei Male. Besonders genoss ich die dritte Reise, die ich gemeinsam mit meinem Mann antrat.

Immer noch bin ich begeistert von diesem ursprünglich so wunderschönen Land. Umso mehr macht es mich unsagbar traurig, zu sehen, welch schrecklicher Missbrauch dieser Landschaft angetan wird. Aber das ist ein anderes Thema.

3. Brief an Mama – „Warum willst du mich noch immer nicht?"

Ich sitze in einem kleinen Café. Ein frisch aufgebrühter Cappuccino mit viel Milchschaum steht vor mir. Der feine Duft von Zimt und Schokolade liegt in der Luft. Vor mir, auf einem Tisch mit marmorierter Steinplatte, liegen eine Füllfeder und Papier, denn ich möchte schreiben. Ich möchte dir einen Brief schreiben. Es ist mir ein innerliches Bedürfnis, auch wenn ich nicht einmal genau sagen kann, warum. Vielleicht, weil ich gerade in den letzten Wochen und Monaten so viele Erinnerungen und Gefühle durchlaufen habe. Noch vor ein paar Minuten überschlugen sich meine Gedanken, Ideen und Wörter, die ich aufs Papier bringen wollte, aber nun, wenn ich sie niederschreiben möchte, sind sie einfach weg. Wie weggeblasen.

Vorsichtig löffle ich den Schaum von meinem Kaffee, lasse ihn langsam auf meiner Zunge zergehen und denke nach. Ich versuche krampfhaft zu ergründen, welche Blockade mich soeben erfasst hat und all meine zurechtgelegten Gedanken verschwinden lässt.
Ich schaue mich ein wenig um, beobachte die anderen Gäste und lasse meinen Blick durch das gesamte Lokal schweifen. Ich stelle mir vor, wie es wohl wäre, wenn du plötzlich ebenfalls dieses Café betreten würdest. Ich male mir aus, wie dein Blick rasch durch den Raum wandern würde, auf der Suche nach einem schönen Sitzplatz. Ich versuche mir vorzustellen, wie sich

dein Gesichtsausdruck verändern würde, wenn du mich erspäht hättest. Wir kennen einander nur oberflächlich, aber du wüsstest, wie ich aussehe. Die Frage wäre, ob du mich erkennen wollen würdest. Ich spinne meine Gedanken weiter und frage mich, wie du auf mich reagiert hättest. Hättest du so getan, als ob du mich nicht kennen würdest, dich gekonnt so platziert, um keinesfalls von mir entdeckt zu werden oder hättest du, etwas verlegen, das Café eilenden Schrittes umgehend wieder verlassen? Ehrlich gestanden weiß ich es nicht. Ich kenne dich zu wenig, um all das wirklich einschätzen zu können. Im Grunde ist es auch vollkommen egal.

Nach einem Schluck meines Cappuccinos ergreife ich meine Füllfeder, versuche meine wiederkehrenden Gedanken zu sortieren und beginne zu schreiben.

„Hallo Mama!"
„Liebe Mama!" kriege ich emotional nicht hin. Da bremst mich irgendetwas.
„Hallo Mama, ich begrüße dich!

Ich möchte dir diesen Brief schreiben, weil es mir auf diese Weise leichter fällt, als mit dir zu sprechen. Wenn du diese Zeilen von mir nicht lesen willst, könntest du den vollgekritzelten Bogen Papier einfach nehmen, ihn zerknüllen, zerreißen, wegwerfen, ihn zuvor lesen oder auch nicht. Es wäre mir egal. Ich würde es ohnehin nicht mitbekommen, wenn du ihn aus dem Postkasten holst. Es wäre mir auf jeden Fall lieber, als du würdest dich am Telefon neuerlich brüskieren, so wie dies bei unserem letzten Gespräch der Fall war. Weißt du noch, wie du dich darüber beschwert hast, dass ich mich deiner Meinung nach zu wenig um dich kümmere? Und das, obwohl es immer von mir ausgegangen war, den Kontakt zu dir zu suchen. Deine Stimme war damals am Telefon schrill, dein Gemüt aufbrausend. Du versuchtest mich zurechtzuweisen, was ich deiner Meinung nach nicht alles für dich tun sollte. Ohne mich auch nur ansatzweise zu Wort kommen zu lassen, hast du ohne ersichtlichen Grund den Hörer auf die Gabel geknallt – du besitzt ja kein Handy, nur ein altes Festnetztelefon – und hast kurzerhand das Gespräch beendet. Dabei wollte ich dich doch nur fragen, wie es dir geht…

Ich hatte nicht verstanden, was in dir vorging. Und obwohl ich in keiner Weise etwas für deine Reaktion konnte, suchte ich sofort wieder die Schuld bei mir. Ich fragte mich, was ich denn diesmal wieder falsch gemacht hatte. Immer, wenn ich mir besonders Mühe gab, dir etwas Gutes zu tun, konntest du es nicht annehmen. Ich war diejenige, die über ihre Hemmschwelle getreten war und versucht hatte, wieder Kontakt zu dir aufzunehmen. Ich war es, die dich gesucht und auch gefunden hatte. Ich war der Meinung, nachdem so viele Jahre und Jahrzehnte vergangen, die Erinnerungen verblasst und abgeschwächt waren, konnten wir einen zarten Neuanfang wagen. Ich glaubte, wenn ich dich suchen und du von mir hören würdest, dann würde sich auch etwas in dir regen. In deinem Herzen. Ich erhoffte mir, dass im Lauf der Zeit auch in dir eine Sanftheit erwacht wäre, Gefühle der Freude und Sehnsucht entflammen könnten, um mit mir, deinem einzigen Kind, in Kontakt zu treten.

Bei unseren wenigen Treffen hatten wir ein wenig Smalltalk geführt, ich hatte dir über meine Kinder, deine Enkel, erzählt.

Wir sprachen zwar miteinander, doch im Grunde redeten wir aneinander vorbei. Die Gespräche waren dürftig, flach, inhaltsleer, distanziert und unnahbar. Wir leben eben in zwei Welten, die unterschiedlicher nicht sein könnten. Ich möchte damit nicht sagen, dass meine Welt die bessere, einfachere, vorteilhaftere ist. Nein, keineswegs. Mein Leben war auch nicht gerade von Leichtigkeit geprägt und in Rosen gebettet, wie du weißt. Ich weiß auch Mama, dass du es bestimmt oft schwer hattest. Deine Kindheit war mit Sicherheit auch nicht leicht. Ich nehme an, dass auch du eine konservative und äußerst strenge Erziehung über dich ergehen lassen musstest. So wie dies bei mir der Fall war. Die Beziehung zu deinen Eltern, meinen Großeltern, war immer katastrophal. Ich weiß. Selbst die Ehe mit meinem Vater war geprägt durch Lieblosigkeit, Missbilligung, verbale und nonverbale Gewalt. Auch das ist nicht spurlos an mir vorübergegangen. Deine Seele war mindestens genauso verletzt wie meine. Und das tut mir aufrichtig leid. Ehrlich. Dennoch hattest du nicht das Recht, so mit mir umzugehen. Ich habe dir nie etwas getan! Warum nur hast du dich mir gegenüber stets so kühl und distanziert verhalten?

Konntest oder wolltest du dich nicht mehr an mich erinnern? Nagen vielleicht doch das schlechte Gewissen und Schuldgefühle an dir? Gewisse Tatsachen kann man nicht rückgängig machen, das ist klar, aber man könnte immerhin versuchen, die Zukunft angenehmer zu gestalten. Gemeinsam. Doch das möchtest du nicht, das hast du mir einmal mehr klar zu verstehen gegeben.

Meiner Meinung nach gibt es zwei entscheidende Unterschiede zwischen dir und mir – trotz ähnlich hartem Lebensweg: die Liebe und die Persönlichkeit.

Auch ich bin Mutter. Mutter zweier wunderbarer Söhne. Beide sind absolute Wunschkinder und ich bin dankbar, dass ich sie habe. Mehr noch, ich liebe sie über alles und bin sehr, sehr stolz auf sie. Sie wurden von mir in ein Leben voller Liebe, Gefühl, Herzlichkeit und Vertrauen gehüllt. Meine Kinder stehen über allem, egal wie alt sie sind. Wie eine Löwin habe ich sie stets verteidigt. Ich habe für sie nach bestem Wissen und Gewissen gesorgt, um ihnen eine gute Basis für ihr eigenes Leben zu ermöglichen. Ich war zu jeder Tages- und Nachtzeit für sie da, habe sie motiviert, wenn sie verzweifelt waren, habe sie getröstet, wenn sie traurig waren. Ich habe immer versucht, sie zu wertschätzenden und lebensfähigen Menschen zu erziehen. Ich wollte ihnen all das geben, was ich Zeit meines Lebens unsagbar vermisst hatte.

Beide sind zu wunderbaren jungen Männern herangewachsen und wir haben ein sehr inniges und freundschaftliches Verhältnis zueinander. Gerne sind wir beisammen und genießen unsere Gespräche, unsere Ausflüge, gemeinsame Wochenenden und noch vieles mehr. Ein wertschätzender Umgang, Vertrauen, gegenseitiges Verlassen aufeinander, Ehrlichkeit, aber auch Spaß, Lachen und intensive Diskussionen über Gott und die Welt prägen unser Familienleben. Wir begleiten und unterstützen einander aus einer absoluten Selbstverständlichkeit heraus.

Was gibt es Schöneres? Nichts. Es ist die Krönung. Im Grunde gibt es nichts Vergleichbares. Das kann ich mit Sicherheit sagen.

Was meine Persönlichkeit betrifft, so ist meine Charakterstärke wohl etwas stärker ausgeprägt als deine. Mein Lebenswille, mein Mut und auch meine Resilienz waren zum Glück immer unvergleichlich groß. Wenngleich ich oft hilflos war und in meinen Handlungen ausgebremst wurde, so wusste ich meistens was ich wollte. Ich versuchte, mir und meinen Anschauungen treu zu bleiben, hatte meinen klaren Standpunkt, den ich vertrat. Ich war dem Leben gegenüber stets positiv gestimmt und ließ mich niemals unterkriegen. Auch wenn ich manchmal ordentlich geprüft wurde, kämpfte ich mich tapfer durchs Leben. Ich habe immer versucht, das Beste aus allem zu machen.

Dieser Idealismus war es auch, der mich dazu bewogen hat, endlich einen Schlussstrich unter die Vergangenheit zu setzen. Ich wollte das Alte loslassen und einen gemeinsamen Neubeginn wagen. Ich war tatsächlich so naiv, zu glauben, dass dies gelingen könnte. Ich war höchst motiviert, mein Bestes dafür zu geben. Aber bekanntlich gehören immer zwei dazu. Leider warst du dazu nicht bereit. Schade!

Bei unserem ersten Treffen habe ich dich kaum erkannt. Dein Gesicht war kantig und ernst. Kein Lächeln umspielte deine Lippen. Eine herzliche Umarmung fiel aus, was eigentlich von vornherein für uns beide klar war. Lediglich ein Handshake diente als Begrüßung. Du hast streng und unnahbar auf mich gewirkt. Ich hatte dich anders in Erinnerung. Deine dunklen Haare waren einem Wasserstoffblond gewichen. Dein Blick war kühl, dein Auftreten konventionell und nüchtern, man könnte sogar meinen vollkommen emotionslos.

Wir wussten wohl beide nicht recht, wie wir uns verhalten sollten. Vorsichtig tasteten wir uns aneinander heran und dennoch war eine stetige Spannung zwischen uns spürbar. Offenbar lag zu vieles zwischen uns. Die Vergangenheit, Gewissensbisse, Unsicherheiten und unausgesprochene Ängste forderten ihren Tribut nach einem derartigen Schicksalsverlauf.

Dabei war ich eigentlich sehr neugierig auf dich und unser Wiedersehen. Ich hatte unglaublich viele Fragen. Fragen, auf die ich niemals eine Antwort erhalten hatte. Und genau diese wollte ich mir nachträglich einholen. Ich war der Meinung, dass ich darauf ein Recht hatte. Schließlich ging es um mein Leben, das beinahe ausgelöscht worden war. Ich wollte eine Erklärung, eine Stellungnahme, warum du mich damals in besagter Nacht, als sechsjähriges Mädchen, ohne etwas zu sagen, einfach in der Wohnung eingesperrt hast. Du hast mich glatt zurückgelassen und warst deinen eigenen Interessen nachgegangen. Ich wollte wissen, wo du die ganze Nacht über gewesen bist. Eine Mutter geht doch nicht die halbe Nacht fort und lässt ihr Kind allein zurück! War es zu viel verlangt, Antworten darauf zu bekommen? Immerhin hatte dies alles weitreichende Konsequenzen für mich. Ich wollte die Hintergründe von dir erfahren, um mir ein Bild machen zu können. Mein Leben war – nachdem mich mein rettender Feuerwehrengel beinahe unbeschadet aus diesem Inferno herausgeholt hatte – plötzlich und unerwartet in eine ganz andere Richtung verlaufen. Ich hatte zwar glücklicherweise mein Leben nicht verloren, doch mein Alltag war wie ausgelöscht und umprogrammiert.

Natürlich hätte man sagen können „Lass es gut sein, es ist seither so viel Zeit vergangen." Doch das lasse ich nicht gelten. Immerhin musste ich mich mit einer Menge an Verlust- und Versagensängsten auseinandersetzen, mein Leben war geprägt von Zweifeln und Selbstwerteinbrüchen, Liebesentzug und Verzweiflung. Zusätzlich fühlte ich mich verraten und vollkommen allein gelassen. Ich hatte jegliches Vertrauen verloren. Mein Vertrauen in die Welt, in andere Menschen und selbstverständlich auch in mich.

Verstehst du das, Mama? Hast du auch nur ein einziges Mal versucht, dich in meine Lage zu versetzen? Kannst du dir vorstellen, wie es mir damals ergangen ist? Gerufen und geschrien habe ich nach dir, viele Male. Ich hatte panische Angst. Es war unerträglich heiß und ich bekam keine Luft. Und selbst in diesen Minuten, als es mir schlecht ging, habe ich ständig an dich gedacht. Ist das nicht absurd? Ein Kind macht sich mehr Sorgen um seine Mama als umgekehrt?

Wo warst du nur mit deinen Gedanken? Wo war dein Pflichtgefühl mir gegenüber? War ich dir wirklich so gleichgültig? Warum nur? Ich wollte dir doch immer nur gefallen. Ich war immer achtsam und bemüht, alles gut und richtig zu machen. Wolltest du mich loswerden oder wolltest du schlicht und einfach nur dein Vergnügen? Fortgehen, Leben, Spaß, Alkohol…? War das wirklich alles, was du wolltest? War das deine Vorstellung vom Leben?

Verdammt nochmal, du warst Mutter! Du hattest Verantwortungen und Verpflichtungen – zumindest mir gegenüber. Dass dein Leben für dich offenbar verpfuscht war, dafür konnte ich nichts!

Ich wurde kurz nach 22 Uhr gerettet. Du hingegen bist erst in den Morgenstunden nach Hause gekommen. In unser Zuhause. Oder was davon noch übriggeblieben war. Standest du damals unter Schock, als du durch die Trümmer unserer Wohnung gegangen bist? Oder hat der Alkohol deinen Durchblick einmal mehr gedämpft? Wie hast du dich vor deinem Vater gerechtfertigt, nachdem er dich am Gehsteig abgefangen hat? Waren deine Gedanken auch nur ein einziges Mal bei mir? Hattest du Angst um mich, nachdem du erfahren hast, dass ich überlebt hatte und im Krankenhaus lag?
Du warst noch jung, gerade einmal 25 Jahre alt. Aber du warst Mutter! Meine Mutter.

Weißt du noch, wie du und Papa mich am nächsten Tag im Krankenhaus „besucht" habt? Sofern man das überhaupt einen Besuch nennen konnte. Ihr habt mir kurz durch die Glasscheibe zugewunken. Dann seid ihr einfach wieder gegangen. Ohne auch nur ein einziges Wort mit mir zu sprechen! Ich habe euch gesehen, wollte euch rufen, doch es ging nicht. Meine Stimme hat in diesem Moment einfach versagt. Ihr habt euch nicht einmal die Mühe gemacht, zu mir herzukommen und mit mir zu sprechen. Ich war so schockiert über euer Verhalten. Ich war unsagbar traurig und zutiefst verletzt.
Nach diesem Pseudobesuch seid ihr wortlose verschwunden. Verschwunden aus meinem Leben. Ich meine, du hast dich davor auch nur sehr minimalistisch um mich gesorgt, doch ab

diesem Tag hast du dich für mich und mein Leben in keiner Weise mehr interessiert. Es war dir offenbar völlig gleichgültig, was aus mir geworden war. Und glaube mir, das ist das Schlimmste, was eine Mutter ihrem Kind antun kann. Dafür gibt es in meinen Augen absolut keine Entschuldigung, keine Rechtfertigung und erst recht keine fadenscheinigen Ausreden.

Du hast dein Leben gelebt und mich anderen überlassen. Vermutlich war es – zumindest für mich – der bessere Weg, denn wer weiß, wo ich sonst gelandet wäre. Ja Mama, diese Geschichte, dieses Drama, dieses Trauma, es hat mich sehr geprägt. Selbst als Erwachsene musste ich mich noch mit vielen unliebsamen Auswirkungen meiner traumatischen Kindheit herumschlagen.

Meine Seele hatte sehr lange unter diesen unschönen und unliebsamen Erinnerungen zu leiden. Heute geht es mir diesbezüglich gut. Ich habe es aus eigener Kraft und mit viel Unterstützung von außen geschafft, darüber hinwegzukommen. Ich lebe ein wunderbares Leben mit meiner eigenen Familie. Ich bin zufrieden und vor allem sehr dankbar für alles, was mir in meinem Leben widerfahren ist. Das kann ich nun, aus heutiger Sicht, sagen. Auch wenn dir das vermutlich nach wie vor gleichgültig ist, möchte ich es dir mitteilen.

Ich weiß mittlerweile, dass ich auf etwaige Antworten nicht mehr zu warten brauche. Dieses Thema hat sich sowohl für dich als auch für mich ein für alle Mal erledigt. Und das ist in Ordnung.

Ich war trotz aller Schwierigkeiten immer ein sehr positiv denkender Mensch, ein starkes Mädchen, das zu einer starken Frau herangereift ist. Ich bin dankbar für mein Sein, meine Persönlichkeit und das, was letztendlich aus mir geworden ist. Ich musste mir alles hart erarbeiten. Das Leben hat mich sehr kurzgehalten und es ist mir wahrlich nichts in den Schoß gefallen. Dennoch weiß ich das Leben sehr zu schätzen. Es hätte immerhin auch anders ausgehen können. Ich hatte eben Glück im Unglück.

Heute bin ich im sozialen Bereich tätig und freue mich, andere Menschen auf ihrem Weg zu begleiten und ihnen einiges von meiner Stärke, meiner Positivität und Wärme zu übermitteln und mitzugeben. Darauf bin ich stolz, denn das habe ich ganz allein geschafft!
Auch das wird dich vermutlich nicht weiter interessieren und trotzdem sage ich es dir.

Auch wenn wir es nicht geschafft haben, unsere Bindungsprobleme zueinander zu heilen, wünsche ich dir auf deinem Weg dennoch das Allerbeste. Mögest auch du deine Mitte finden und ein zufriedenes und glückliches Leben führen, selbst wenn ich kein Teil davon sein kann. Wir leben unser Dasein in zwei vollkommen konträr verlaufenden Welten und trotzdem werden wir immer eines sein, nämlich Mutter und Tochter.

Mögest du mit deinen Gewissensbissen genauso gut klarkommen, wie ich es mit meinen geschafft habe. Möge die

Zeit auch deine Wunden heilen, so wie sie meine geheilt hat. Ich bin mittlerweile frei von Schuld- und Schamgefühlen, Selbstvorwürfen und Selbstwerteinbrüchen. Ich habe gelernt, mich wertzuschätzen und zu lieben, so wie ich bin.
Es war wahrlich kein leichter Weg, da mir meine Ursprungsfamilie dies nicht vorgelebt und mitgegeben hat. Doch ich bin an mir, meinem Schicksal und meiner Aufarbeitung dessen gewachsen.

Das sind einige meiner letzten Gedanken, die ich dir mitteilen wollte. Du wirst sie vermutlich nie lesen und dennoch habe ich sie für mich ausgesprochen.

Ich wünsche dir das Allerbeste auf deinem Lebensweg!

Deine Barbara

Das bin ich heute

Glücklich. Zufrieden. Dankbar.

Ich bezeichne mich heute als eine glückliche Frau, die gelernt hat, das Leben zu meistern. Es anzunehmen und für alles vollkommen dankbar zu sein. Ich fühle mich besser und freier als jemals zuvor in meinem Leben. Es geht mir wirklich sehr gut. Ich bin angekommen. Angekommen bei mir selbst. Ich weiß was ich will und vor allem auch, was ich gar nicht mehr möchte. Ich stehe zu mir. Ich versuche täglich, mir selbst treu zu bleiben und authentisch zu sein.

Das alles ist im Alltag natürlich nicht immer so einfach, wie es sich vielleicht anhört. Doch ich arbeite stetig daran.

Dankbarkeit zählt zu meinen täglichen Ritualen. Abends, wenn der Tag zu Ende geht, sage ich DANKE! Für das Schöne, das Gute, aber auch für die Dinge, die mich weiter lernen und reifen lassen. Für Dinge, die vielleicht nicht so gut verlaufen sind, wie ich es mir gewünscht oder erhofft hatte. Dann soll es eben so sein.

Ich bin täglich aktiv. Entweder im Beruf, daheim oder eben mit Dingen, die mir Kraft geben und mich stärken. Ich versuche an jedem Arbeitstag mein Bestes zu geben. Nach einer längeren Durststrecke, nach all dem Suchen und vor allem Finden, fühle ich mich erfüllt. Nun scheine ich meine Berufung tatsächlich ausleben zu können.

Ich darf mittlerweile mit Kindern arbeiten, die durch ähnliche Schicksalsschläge vieles mit mir gemeinsam haben. Ich sehe es als meine Aufgabe, diese jungen Menschen mit Akzeptanz, Wertschätzung, guten Strukturen und einem guten Maß an

Empathie zu begleiten, damit auch sie ihren eigenen Weg finden können.

Privat bin ich sehr glücklich mit meiner eigenen kleinen Familie. Ich bin sehr stolz auf meine mittlerweile erwachsenen Söhne und im besten Einvernehmen mit ihnen. Meine Partnerschaft ist ein liebevolles Geben und Nehmen, ein Genießen und Erforschen gemeinsamer Themen und Interessensbereiche.
Was macht mich noch aus?
Ich lernte hauszuhalten mit meinen Energien. Gerne bin ich für andere da, zeige Mitgefühl und Empathie. Doch ich achte ebenfalls auf meine Grenzen und habe den Spagat zwischen Aufopferung und dem gekonnten Unterdrücken meines Energiehaushaltes geschafft. Ich gebe gerne, mitunter auch ohne etwas dafür zu erwarten. Aber nicht immer. Ich habe gelernt, abzuschätzen was, wann, wo und vor allem wie viel ich zu geben bereit bin, ohne dass es mir selbst schadet.

Meine freie Zeit ist mir ebenso wichtig wie meine Familie. Die brauche ich, um meine Batterien wieder aufladen zu können. Das ist jene Zeit, in der ich manchmal nicht für alle erreichbar sein möchte. Es gibt auch Momente, an denen ich mich ganz bewusst zurückziehe. Und zwar dann, wenn ich meine persönlichen Leidenschaften auslebe.
Dazu zählt das Arbeiten im Garten. Das Graben, Ernten, Verarbeiten, generell die Liebe zu den Pflanzen und Kräutern. Als Kräuterpädagogin brauche ich das Tun und Schaffen in der Natur. Es erdet mich und lässt meine Gedanken im wahrsten Sinne des Wortes am Boden bleiben. Was gibt es schöneres als

mit der Natur zu verschmelzen, zu ernten, was gesetzt wurde, zu riechen und schmecken, was liebevoll gehegt und gepflegt wurde. Da bin ich im Flow. Das bringt mich auf neue Ideen und liefert Inputs für meine zweite Leidenschaft: die Kreativität. Einerseits das Schreiben. Andererseits die Kunst. Seit einiger Zeit habe ich die Malerei und Zeichenkunst für mich entdeckt. Das war irgendwann einfach „da". Ich habe es ausprobiert, ohne zuvor etwas darüber gelernt zu haben.

Was für eine herrliche Tätigkeit, sich mit Farben und Formen in künstlerischen Projekten zu verwirklichen. Dabei ist es mir vollkommen egal, ob meine Produkte anderen gefallen oder nicht. Es geht um das Tun an sich. Die individuelle Kreation. Zum Glück ist auch meine Familie begeistert und so zieren meine Werke mittlerweile unser Haus.

Grundsätzlich gibt es vieles, das mich erfüllt. Das Erklimmen von Bergen und der Rückzug in abgelegene Almhütten. Das Erleben von Kultur, Theater und Sport. Das Lesen guter Bücher ebenso wie der Austausch mit Freunden. Die Bereitschaft, sich immer wieder neuen Dingen zuzuwenden. Und ab und zu gönne ich mir den Luxus, einfach nur faul zu sein.

Durch meinen Entschluss, die Verantwortung für mein Leben zu übernehmen, habe ich die Freiheit gewonnen. Ich habe gelernt, auf mich, meinen Körper, meine Intuition zu achten. Ich habe gelernt, mich wertzuschätzen und zu lieben. Ich habe die Waffen niedergelegt und Frieden mit meinem Umfeld, meiner Ursprungsfamilie, geschlossen. Ich habe gelernt, authentisch zu sein. Ich bin stolz auf alles, was ich in meinem Leben geschafft habe. Es ist mir gelungen, zu vergeben und zu verzeihen. Ich bin dankbar, dass ich stets mutig genug war, mich niemals unterkriegen zu lassen. Ich bin dankbar, den Weg zu mir selbst gefunden zu haben.

4. Brief an Mama – „Was ich dir noch sagen wollte"

Ich sitze an meinem schönen weißen, auf antik gemachten, Schreibtisch und schaue aus dem Fenster. Ich sehe unseren Garten und die wunderschöne Gegend, die unser Zuhause umgibt. Nur zwei Gassen weiter, fast um die Ecke, befindet man sich schon im Wald. Ich gehe sehr gerne und so oft wie möglich dorthin. Ich komme dort zur Ruhe, kann meinen Gedanken nachhängen und auch in gewisser Weise meinen Stress abbauen. Sehr oft kommen mir, wenn ich im Wald spazieren oder laufen gehe, die besten Ideen. Im Wald bin ich in ständiger Kommunikation mit der Natur, aber auch mit mir selbst.

Weißt du eigentlich, dass ich leidenschaftlich gerne schreibe? Das Schreiben bewirkt etwas in mir. Es hilft mir, Dinge, die mich beschäftigen, festzuhalten, um sie mir bewusst vor Augen zu führen. Nachhaltig sozusagen. Andererseits befreit es mich ungemein. Was ich schreibe entspringt meinem Innersten, meinen geheimsten Gedanken und vor allem meinen tiefsten Gefühlen. Schreiben ist für mich eine der kreativsten Ausdrucksweisen, die mich innerlich und äußerlich beflügeln.

Du wirst mein Werk, meinen biografischen Roman, vermutlich niemals lesen. Falls doch, fändest du vieles aus meinem Leben und meiner Persönlichkeit darin. Du würdest staunen.
Was aus mir geworden ist, habe ich gänzlich mir selbst zu verdanken. Ich durfte in meinem Leben viel lernen. Ich habe

mein Schicksal angenommen und akzeptiert. Ich weiß heute, dass die Lebensfreude nicht von außen, sondern lediglich von meinem Inneren abhängt. Es kommt darauf an, wie ich es annehme und was ich daraus mache. Es waren heftige Lernprozesse, doch Mama, nur dadurch bin ich der Mensch geworden, der ich heute bin. Ich bin dankbar für alles, was war und was ist. Wäre dem nicht so gewesen, hätte ich mich nicht in der Form entwickeln können, wie es eben der Fall war. Heute bin ich innerlich frei. Ich habe es geschafft, zu mir zu finden und für alles dankbar zu sein.

Die Person, die ich heute bin, verdanke ich in irgendeiner Form natürlich auch dir, denn du warst diejenige, die mir mein Leben geschenkt hat. Vielleicht nicht ganz freiwillig und auch nicht unter den besten Voraussetzungen. Doch du hast mich geboren. Dir allein habe ich mein Leben zu verdanken. Du hattest nicht mit einer Schwangerschaft gerechnet, warst überrumpelt und nach meiner Geburt mit der Situation überfordert. Du warst eingeschränkt in deinem Leben, in einer Form, die du so nicht haben wolltest. Du warst noch jung und hattest vielleicht andere Pläne für deine Zukunft. Ich weiß es nicht genau, denn du hast mir nie darüber berichtet.
Auch wenn du mich als Tochter nie wirklich wolltest, so habe ich dich als meine Mama immer sehr geliebt. Das ist auch heute noch so, trotz der schwierigen familiären Verhältnisse, die sich aus den äußeren Umständen ergeben haben.

Danke, dass es dich gibt!
Danke, dass du mir mein Leben geschenkt hast!

Ich vergebe und verzeihe dir. Egal was war, egal was ist und was noch kommen mag. Du bist und bleibst meine Mama und ich bleibe deine Tochter.
Ich liebe dich.

Möglicherweise werden wir einander in diesem Leben nie wieder sehen und nie mehr voneinander hören. Mag sein. Doch eines möchte ich dir noch sagen: Solltest du mich jemals brauchen, werde ich für dich da sein.

In Liebe und Dankbarkeit,

Deine Barbara

Brief an Oma und Opa – „Danke, dass ihr eingesprungen seid!"

Ihr wart meine Großeltern und letztlich, durch die Adoption, auch meine Eltern. Zumindest auf dem Papier. Ihr wurdet zu meinen Adoptiveltern, die mich an ihres Kindesstatt angenommen hatten. Dafür möchte ich euch danken. Es ist keine Selbstverständlichkeit, dass Großeltern, die sich ihr eigenes Leben gerichtet hatten, wie es ihren Wünschen entsprach, sich dennoch dazu entschließen, ein kleines Kind zu adoptieren. Ich kenne eure Beweggründe nicht hundertprozentig, ich weiß nur, dass ihr mich vor einem schlimmeren Schicksal bewahren wolltet. Ihr habt den Ernst der Lage erkannt, wurdet darauf aufmerksam, dass in meinem „alten" Leben vieles nicht funktioniert hat.

Nicht nur meine Mama, auch ihr beide wart ursprünglich von der Tatsache, dass ich als neuer Erdenbürger das Licht der Welt erblicken sollte, nicht sonderlich begeistert. Es wäre euch wahrscheinlich lieber gewesen, alles hätte sich ein wenig anders entwickelt. Doch als ich dann auf der Welt war, habt ihr mich in eure Herzen geschlossen.

Als akut gehandelt werden musste, wart ihr für mich da. Ihr habt eurer Tochter eine große Last abgenommen, nämlich jene, sich weiterhin um mich kümmern zu müssen, obwohl sie schon mit ihrem eigenen Leben vollkommen überfordert war.

Ich denke, es war auch für euch ein Schock, als der Unfall passiert ist. Trotzdem war euer Handeln prompt und zuverlässig. Ihr nahmt mich nach meinem Krankenhausaufenthalt bei euch auf. Es war sowohl für euch als auch für mich eine große Umstellung. Doch wir haben es gemeistert.

Ihr habt es immer gut mit mir gemeint, das weiß ich genau. Dennoch ist nicht alles so verlaufen, wie ich es mir gewünscht hätte. Meine Kindheit war noch relativ unkompliziert, doch die Zeit der Jugend war nicht so toll. Das möchte ich ehrlicherweise anmerken. Ich fühlte mich, aufgrund der massiven Überbehütung, beinahe eingesperrt. Natürlich nur im übertragenen Sinn.

Mir ist durchaus klar, dass ihr schon einmal eine tragische Erfahrung machen musstet, da die Erziehung eurer Tochter nicht planmäßig verlaufen war. Ihr hättet euch einen anderen, besseren Lebensplan für eure Tochter vorgestellt. Manchmal kommt aber alles ganz anders, als man denkt.

Ihr hattet kein Recht, über das Leben eurer Tochter zu bestimmen. Ihr hattet auch absolut kein Recht, über mein Leben zu bestimmen. Ihr habt einfach nicht gemerkt, dass es zu viel des Guten war. Ich fühlte mich eingezwängt in Regeln und Strukturen, hatte das Gefühl permanent kontrolliert zu werden. Ich konnte meine Jugend nicht ausleben, weil ihr mich auf Schritt und Tritt überwacht habt. Das war auch der Grund, warum ich mich immer mehr zurückzog – ich konnte ohnehin nicht frei sein.

Ich durfte nur wenig von dem, was junge Menschen gerne tun. Nämlich die Welt erforschen, verschiedenste Dinge ausprobieren, auch mal verrückt sein oder sogar Verbotenes tun. Das fehlte mir. Ich musste so sein, wie ihr mich haben wolltet. Ich musste eine Ausbildung machen, von der ihr dachtet, dass sie gut für mich wäre und ich musste Dinge lernen, die euren Wünschen entsprachen. Ich habe es gehasst und oft versucht, euch meine Wünsche darzulegen. Doch meine Wünsche zählten nicht. Es galt lediglich das, was ihr für mich bestimmt hattet. Es war frustrierend und dennoch war ich auch in diesem Fall tapfer im Akzeptieren und Durchhalten.

Ich hätte andere Pläne für mein Leben gehabt, doch ihr habt sie stets untergraben, belächelt und mit abwertenden Bemerkungen oder Gestiken aus der Welt geschafft. Erst viele Jahre später, als ich längst erwachsen und selbst Mutter war, konnte ich mir den einen oder anderen beruflichen Wunsch erfüllen. Jedoch unter weit anstrengenderen Bedingungen, als dies in meiner Jugend der Fall gewesen wäre.
Es sollte sich durch mein gesamtes Leben ziehen, dass der einfachere Weg eben niemals der meine war. Ich machte in jeglichen Bereichen mehrere Umwege. Dadurch, dass ihr mir alles abgenommen hattet, konnte ich keine eigenen Fehler begehen, die für mich jedoch wichtig gewesen wären, um zu erkennen, dass das Leben eben nicht immer nur rosarot ist. Ich war übervorsichtig, schüchtern, gehemmt, hatte mir von vornherein vieles nicht zugetraut und später, als das Leben dann seine wahren Seiten zeigte, war ich teilweise überfordert und wurde vom Leben überrollt. Ich ging oft viel zu blauäugig und verträumt an die Dinge heran, sah in jedem nur das Gute. Ich hatte nie gelernt, mir die Hörner abzustoßen und zu verstehen, dass nicht alles immer nur nett und schön ist.

Aber gut, ich hatte meine Lern- und Lebensaufgaben präsentiert bekommen wie vermutlich jeder andere Mensch auch. Ich wurde oft ins kalte Wasser geschmissen und musste schwimmen lernen. Manche Situationen hätte ich mir sparen können, einiges hingegen habe ich meiner Meinung nach ganz gut hinbekommen.

Was mir ebenfalls oft gefehlt hat, war die Kommunikation. Nämlich jene, die wirklich wichtig und aufschlussreich gewesen wäre. Nachdem ich bei euch eingezogen war, wurde ich in Watte gepackt und niemand wollte mehr mit mir über diese schreckliche Nacht sprechen. Über die Ängste, die Bilder in meinem Kopf, die bösen Monster, die mich nachts in meinen Träumen oft besuchten. Ich hatte unsagbar viel Angst in mir, doch ich durfte sie nicht zeigen. Ihr dachtet wohl, wenn man über all das nicht mehr spricht, heilt die Zeit die seelischen Wunden von selbst. So war es aber nicht. Ganz im Gegenteil. Ich hätte es mir oft gewünscht, gefragt zu werden, wie alles abgelaufen war. Ich hätte wahrscheinlich auch psychiatrische Hilfe oder ähnliches gebraucht, um über das Erlebte hinwegzukommen. Über diese Details wurde aber tunlichst hinweggesehen. Nach außen war ich stets freundlich und fröhlich. Wer würde da schon vermuten, dass es auch noch eine zweite, sehr verletzte und traurige Seite in mir gab?
Dass das allerdings der falsche Weg war, kann ich nun nach vielen Jahren bestätigen. Es machte die Aufarbeitung meiner Kindheitstraumen noch viel schwieriger. Vielleicht wurde früher mit vielen Dingen einfach ganz anders umgegangen. Ich will

euch diesbezüglich auch keinen Vorwurf machen, ich möchte nur meine Gedanken und Empfindungen mit euch teilen.

Tatsache war, ihr hattet euch meiner angenommen und nach eurem besten Wissen gehandelt. Das weiß ich absolut zu schätzen. Ich danke euch dafür, dass ihr damals versucht habt, mir ein sorgenfreies Leben mit Alltagscharakter zu vermitteln. Es gab eine Tagesstruktur und auch sonst wichtige Eckpunkte, die für ein geregeltes Leben durchaus gut und brauchbar waren. Ich war endlich behütet – jedoch überbehütet. Von einem Extrem ins andere.
Immerhin ist eine charakterstarke Persönlichkeit aus mir geworden, die gelernt hat, sich im Leben zu behaupten, authentisch und stark zu sein. Es hat zwar eine Weile gedauert, doch ich konnte meine Richtung, meinen Weg mitsamt Umwegen finden. Dazu habt auch ihr einiges beigetragen.

Ich bedanke mich für diese Selbstverständlichkeit, sich quasi umgehend eines zweiten Kindes anzunehmen, als es nötig war. Möget ihr euren Frieden in jener Sphäre finden, in der ihr nun zu Hause seid.

In Liebe und Dankbarkeit,

Eure Barbara

Danksagung

Ein großer Dank gilt meiner eigenen kleinen Familie. Meinem Mann, der mich stets bei allen Unternehmungen und Fortschritten, aber auch bei Rückschlägen souverän und mit äußerst viel Empathie hervorragend unterstützt hat. Ohne sein Zutun wäre ich vermutlich heute noch nicht ganz hier angekommen, wo ich nun stehe.

Sehr dankbar bin ich auch meinen Söhnen, die mich als ihre Mama so akzeptieren wie ich bin. Sie kennen meine Geschichte seit langem und waren oftmals sprachlos, wenn ich ihnen von meiner Kindheit erzählt habe. Ich hoffe, dass ich ihnen all das mitgeben konnte, was mir seitens meiner Mama verwehrt blieb. Ich bin unglaublich stolz auf meine beiden Burschen und werde immer an ihrer Seite sein, sofern sie dies von sich aus zulassen.

Ein großer Dank gilt unserem Freund Christian, der mir in vielen schwierigen Situationen sehr hilfreich zur Seite stand. Er war es auch, der mich auf diese wundervolle Reise zu mir selbst, nach Brasilien mitgenommen hat. Eine Reise, die mich nachhaltig sehr bewegt und geprägt hat. Leider ist er viel zu früh von uns gegangen. Wir vermissen ihn und die tiefgründigen, aber auch sehr lustigen Gespräche und Momente.

Mein Dank gilt vielen meiner, unserer gemeinsamen Freunde. Sie alle sind Wegbegleiter, Inspiratoren, Gesprächspartner, Motivationskünstler, Tröstende und vieles mehr. Ich danke jedem Einzelnen von ihnen für ihr/sein Sein. Mögen uns noch viele schöne, innige Momente und Gespräche erfüllen.